JN244977

過ぎ去った日

野村英子

西田書店

過ぎ去った日◉目　次

本を読んで

過ぎ去った日

人力車

人力車

角を曲ったら、四つ五つの女の子とおばあさんが歩いてくる。女の子がおばあさんを見上げる。二人はちょっと立ち止まって顔を見合わせ、手をつないで、ゆっくり近付いてくる。行き過ぎてから女の子の笑い声がする。

私もゆっくり歩く。今の私はあのおばあさんの歳なのに、昔の孫娘になって、祖母の笑顔とやわらかい掌につつまれて、祖母の手をしっかり握ってどこまでも歩く。低い垣根に囲まれた縁側の座布団に、陽が当たっている。

私が生れたのは大森の山王というところで、そこは母方の祖父母の家だった。当時一家で母の実家に世話になっていたらしい。父が銀行を辞めて商売をはじめようとしていて、生活が不安定だったのだろう。

父は商売に失敗して会社勤めをはじめ、父母たちは大崎に越すのだが、私は祖父母のところに残された。

その後祖父母と世田谷の池尻へ引っ越したので、私が大森にいたのは四歳までだ。私の大森の記憶は、ぽつん、ぽつん、ぽつんと染みのように残っているだけで、戦争が私の生活の中に入って来たのも世田谷に移ってからのことだ。

眼が醒めたら知らない座敷に寝ている。天井が高い。部屋はガランとしている。祖母がいない。ぎゃあ、と腹の底から泣いたら、祖母が隣の部屋から小走りに出て来た。その家のおばさんも出て来た。

いくつのときのことかわからないが、私の一番古い記憶だ。一人っきりで置き去りにされた恐ろしさだけが残っている。

隣に五郎ちゃんという同じ歳の男の子がいた。祖父母の家は借家で、木の門と玄関と、生け垣に囲まれた狭い庭があった。その生け垣を出たり入ったりして二人で遊んでいた。五郎ちゃんの家も、同じ造りの借家だったようだ。はじめての遊び友だちとして五郎ちゃんという名前だけは忘れないのに、何をして遊んだのか、どんな子だったのか、はっきりしない。

道路をはさんで高い塀のお屋敷があった。大きな犬、多分シェパード、を連れて歩いているその家の主人の姿が泛んで来る。乗馬ズボンを穿いて、背筋をぴんと伸ばして前だけを見て歩いている。塀の中にどんな家があるのかは見えなくて、行っても行っても塀しかなかった。

祖母は出好きで、他家の訪問やデパートに私を連れて行った。祖母の好きなデパートは日本橋の白木屋だった。デパートで祖母が半襟を選ぶのを待っているのは、どうしようもなく退屈だった。床に脚を投げ出して座りたくなる。着物の袖を強く引っ張っても、もう少しだから、という返事しか返って来ない。旗の立ったお子様ランチ、バターとシロップのいっぱいかかったホットケーキの時間が来るのを期待して、「まだ?」「お腹空いた」と言いながら我慢した。食堂へ行くと、おねえさんが、背の高い丸い椅子に乗せてくれるのもうれしかった。

午後の遅い時間に電車に乗ったことがある。席につくと、窓を向いて膝を立ててすわった。祖母が靴を脱がせてくれた。窓が開いていて風が入って来た。私は歌を歌い出した。

自分の声が、窓の外に、屋根や電信柱と一緒に流れて遠くなっていく。

冬の夜、暗くなって大森駅に降りると、人力車に乗った。祖母が乗って、その膝の上に私を載せてくれる。そして毛布が掛けられ、梶棒が上がって動き出す。外気から黒い幌で守られて祖母の膝は温かい。人力車はゆらゆらと坂を登っていく。私はすぐに眠ったのだろう。家に着いたときの記憶はない。

転校

六年になる昭和十九年四月、私は転校することになった。世田谷、池尻の祖父母の家から、上北沢の父母の家へ帰ることになったからだ。帰るといっても、祖父母の家で生れ育った私には、新しい家に一人移る、というものでもあった。

始業式の日、祖母と母に付き添われて上北沢国民（小）学校の校長室で待たされた。他にも転入生がいたが、二人に囲まれた私は居心地悪く腰掛けていた。六年は男女一クラスずつで、女子のクラスの担任も男の先生だった。

授業が終って教室の掃除がはじまった。ガタガタと机と椅子を前に寄せる音をきいて、私はバケツを下げて外へ出た。校庭へ水を汲みに行った。昨夜から降り続いた雨が上がって、空も明かるくなっている。明かるい空を見て、傘に入れて持って来たエビガニはどうしただろう、と気になった。午前中は、教室の隅の傘立てから気持が離れず授業も上の空だったが、昼休みになっても何事もなかったので忘れていたのだった。

水の入ったバケツを下げて教室へ入ろうとしたら、教室がざわついている。七、八人が円くなって何か言っている。担任のY先生の後姿も見えた。エビガニだ、私の持って来たエビガニが教室へ這い出したのだとすぐに気がついた。

朝、家を出るときは雨はやんでいたが、空は暗かった。黒い大きな傘をぶら下げて家を出た。川沿いの道を歩いた。幅一メートルに足りない川は水嵩を増し、流れも速く、道も濡れていた。その道の真中にエビガニがいた。いざっている。私は咄嗟に、赤土色で十センチに足りないエビガニを握み上げ傘の中に抛り込んだ。あとさきのことは考えなかった。

バケツを廊下に置いて、雑巾掛けをしながら、開け放された教室の成行きに注意した。誰が持って来たのかと咎められたらどうしようとドキドキしたが、エビガニは校庭に放され、掃除が続けられた。

一時間目の授業の前に、小さく切った紙が配られた。級長の選挙だった。集められた紙は開票されず、ボール箱の中に入れられたまま授業がはじまった。

昼過ぎ、午後の授業のはじまる前に、Y先生は集計された票の数と名前を黒板に書き、ちょっと改まって教壇の脇に立った。票の一番多かったAさんを級長にBさんを副級長に任命します、と言い、とんでもない人が選ばれたら困ると思ったが、先生の考えと同じだったので、と付け加えた。そんならはじめから選挙なんかしなきゃいいのに、と呟いて私はにこりともしない先生の顔を見つめた。

走り幅跳の計測があった。校庭隅の砂場の前に距離をとって並んで、一人ずつ跳び、係の人が測って表に書き込んだ。

みんな終ってゾロゾロと教室へ歩いていたとき、私の数字が間違いではないかと係の人に訊いている先生の低い声が耳に入った。こんなに跳べるはずがない、というのだった。私の数字は、人並より少しよかった。

一ヵ月して私は病気になって、一ヵ月学校を休んだ。病名も、どんな状態だったのかもはっきりしないのだが、「仏様になるんじゃないかと思ったのよ」という母の言葉を憶えているから重症だったのだろう。身体だけは丈夫だといわれていた私の、はじめての病気だった。祖母が池尻から毎日来た。朝来て夕方帰った。

担任のY先生が家に来たのは、十日ほど経ってからだ。玄関脇の部屋で母と話していて、そのまま帰るかと思っていたのに、病室を見舞うという。会いたくない、と私は断った。Y先生はどうしても見舞うという。

私は誰にも会いたくなかった。人見知りも強かったし、寝ているところを親しくもない大人に見られるなんて、ワーッと大声をあげて逃げ出したい我慢できないことだった。いやだと言っているのに見舞うというY先生も母も、許せなかった。蒲団を撥ね除けて便所へ閉じ込もろうか、と本気で思ったが、飛び起きる気力がない。脚に力がない。二、三分、口は利かなくていい、ということで私は折れた。

廊下に面した障子が開けられ、人の気配を感じたが、私は蒲団に半分顔を隠して天井を見たままじっとしていた。襖で仕切られた座敷と居間の間の八畳が私の病室だった。

「先生からお米をいただいたのよ」

玄関先に先生を見送った母が米の入った布袋を見せた。親戚の農家にたのんで手に入れたものだという。そんな米、どんなにお腹が空いたって食べるもんか、と私は横を向いた。

一週間経った夕方、Y先生を送って、湯呑みや急須を載せた盆を持った母が居間を通りながら、

「尊敬していた女の先生と私がよく似ているんですってさ」

ちょっとおどけた弾んだ声を残して台所へ消えた。先生が病室を見舞うと言わずに帰ったことに、ほっとしていたときだった。家の中は静かだった。祖母も帰り、弟たちは外で遊んでいたのだろう。

一ヵ月休んで登校した学校は、校庭も教室も、すっかり遠いものになっていた。何一つ馴染のないものに見えた。学校へは行かない、と言い張る私に父や母も手を焼いて、五年間通った三宿国民学校に入り直すことになった。それは、祖父母の池尻の家へ戻ることでもあった。

世田谷線散策きっぷ

下高井戸から路面電車〝玉電〟に乗ったのは、七月の七日だった。今年のうちに、あまり暑くならないうちに乗ろう、と思っていてやっと出かけた。切っ掛けは、朝日新聞の記事、「玉電カラーきょう復活」と「玉電100歳」で、はじめのものは五年の十一月、次ぎのが昨七年三月のものだから、だいぶ経つ。

七月七日は、小雨もよいの曇り日だった。晴雨兼用の折り畳み傘を持って十時半ごろに家を出た。京王線の下高井戸駅のホームから階段を下りたら〝玉電〟東急世田谷線の改札口が見えた。散策きっぷ三二〇円を買い、停っていた二両編成の後ろの車両に乗った。

電車はすぐに動いた。両側に一人の座席が縦に並んでいて満席。私は入口近くに立ったまま、車内や、窓から外を眺めた。昔、私が乗っていたものと、形も座席も違うが、電車の走る脇の道を人が歩いているのや、家々の庭や玄関のすぐ横を電車が通るのは変っていない。私は六十年前、昭和二十年（一九四五）の九月から六年間、この玉電で通学していた。

三つ目の宮の坂で降りる。降りたのは私一人だった。人通りのすくない昼下がりの道を鴎友学園へ行ってみよう、と歩き出した。駅から五分もかからないはずなのに、すこし迷って校門の前に出た。校門の前の道をゆっくりと、立ち止らないように通り過ぎた。校舎の入口に警備の男の人が二人立っている。

この玄関にはじめて立ったのは、戦争が終ってすぐの九月、疎開から帰ったばかりだった。編入学のため母と来た。あのとき、校門から玄関まですっと入った。案内されて応接室に通された。要件はすぐにすんだ。次の日から通うことになった。編入学といっても、六ヵ月前の三月に入学を許可されていた。昭和二十年は、連日の空襲で入学試験もなく、願書を出した中学、女学校に全員が入学出来た。私は入学式にも出ないで福岡県の大石村に縁故疎開したのだった。

コンクリートの校舎に昔の木造二階建て、どこからでも出入り自由といった学校の面影はないが、校舎のまわりをぐるっと歩くことにした。

校舎の外側にはびっしり丈の高い樹木が植えられ、それをフェンスが覆っていて、学校の中は何も見えない。校門の向かい側まできたら、ボールがラケットに当たる音がかすかにする。テニスをしているのか、昼休みだろうか。昔の校庭は土だった。その先は空き地で草が生えていた。囲いもなかった。今、私の左手の校舎はその草地だったところに建てられたのだろう。

「暑い、お腹が空いてもういやだ」ぶつぶつ言いながら草むしりしたことを不意に想い出した。夏休み中の登校日だった。戦後一、二年の飢えは戦争中よりひどかった。

歩いていると、次ぎ次ぎにとりとめもないことを想い出すが、国語や英語や数学で何を学んでいたのか、どんな教科書を使っていたのかは、はっきりしない。ただ、『新しい憲法のはなし』という教科書（副読本）を夢中で読んだことだけは忘れていない。うすい小さな本で、表紙がオレンジ色だったこと、本文に黒白の絵が添えられていたのも憶えている。

学校の外側をひとまわりしたら、陽射しはないのに汗ばんできた。お腹も空いたしくたびれた。駅の方へ引き返したら〝軽食喫茶〟の店がぽつんとあるのを見つけた。扉を開けて入る。客はいなかった。にんにくとチーズのスパゲティを食べ、コーヒーを飲んだ。一息ついたら、当時の『新しい憲法のはなし』は無くしたが、復刻版は手元にあるはずだと思いついた。その『新しい憲法のはなし』を直ぐに見たくなった。〝世田谷線散策きっぷ〟は無駄にして帰ることにした。

復刻版は二冊あった。二十五年経った一九七二年に日本平和委員会が復刻した、定価一〇〇円のものと、一九八二年の十五版、二〇〇円の二冊だ。その解説によると、昭和二十二年八月に文部省によって発行され、全国の中学生が一年生の教科書として学習した、とある。私は中学三年だったから、副読本として配られたものを自分で読んだのだろう。

「六　戦争の放棄」のはじめの、

いまやっと戦争はおわりました。二度とこんなおそろしい、かなしい思いをしたくないと思いませんか。こんな戦争をして、日本の国はどんな利益があったでしょうか。何もありません。たゞおそろしい、かなしいことがたくさんおこっただけではありませんか。

この文章、ことばが、中学三年の私の胸にすっと染み込んだ。三年前の学童疎開での六ヵ月のことが甦ってきた。松本の冬は寒かった。凍える冷めたさ、ひもじさ、子供だけがひとつ部屋に入れられて、朝も昼も夜も過ごす緊張感、息苦しさ。〈お腹いっぱい食べたい、さびしい、帰りたい〉とは口に出すことも、手紙に書くことも出来なかった。手紙は検閲された。誰かに見張られていた。いつも元気で、みんなと仲良く、戦争に勝つまで頑張っていなければならなかった。

こんな思いを二度とすることはないのだ、といううれしさで読みすすんだ。

これからさき日本には、陸軍も海軍もないのです。これを戦力の放棄といいます。しかしみなさんは、けっして心ぼそく思うことはありません。日本は正しいことを、ほかの国よりさきに行ったのです。世の中に、正しいものぐらい強いものはありません。

昭和二十二年の私は、ここも言葉通りに読んだ。「七　基本的人権」では、人間らしい生活に必要な〈自由〉と〈平等〉について書いてある。どんな人も個人として尊重され、すきなところに住み、じぶんの思うことをいい、すきな教えにしたがって生きる自由を、憲法は、侵すことができないものと決めている。また人間はみな平等で「男が女よりすぐれ、女が男よりもおとっているということはありません。」

何回も読み直し、国や、自分のこれからの進路に明りがともされた、と感じて忘れられない本になった。

しかし、この『あたらしい憲法のはなし』は、二、三年使われただけで、偏向教科書の第一号として、文部省自身の手で葬り去られたのである。

花時 ――二〇〇八年――

三月二十七日

九時に家を出て、渋谷の文化村ル・シネマに『トゥヤーの結婚』（中国映画、二〇〇六年）を観に行く。十時四十分着、暗くなった館内に案内されて入り、座席につく。予告編が映されるところ、間に合ってよかった。

眼の前いっぱいに広がる草原、羊の群れ、ラクダに乗るトゥヤー、どこまでも続く空。まずこの風物に引きこまれる。陽焼けしたトゥヤーの引き締った顔がいい。

私は風邪をこじらせて、三週間もぐずぐずして、映画館からも遠ざかっていた。そのせいか、私には映画が必要なのだと再確認する。日々の暮しからすこしはなれて、画面の中に入りこみ、そこで呼吸することで、大袈裟にいうと、人間の生きること、死ぬことに直にむきあう、というのだろうか。

トゥヤーの暮す内モンゴルは乾燥化がはげしく、人間の飲む水も、羊に飲ませる水も、遠い井戸まで汲みに行かなければならない。トゥヤーには幼い子供が二人と、怪我で働けなくなった夫がいる。苛酷な労働には男手が必要だ。夫は離婚して姉の世話になるという。トゥヤーも離婚には同意するが、夫とは離れられない。そばで夫の世話がしたい。子供と夫も連れて再婚出来る相手を探す。

気立ても器量もいい、働き者のトゥヤーに何人かの男が名乗りをあげるが、最後に残ったのは、隣人だった。多分トゥヤーよりも若く、頼りないが、ずっとトゥヤーのことが好きだった。トゥヤーも軽く見ながら親しみをもっていた。

トゥヤーは、この人と結婚式をあげる。そのすぐあとで、揺れる髪飾り、花嫁衣装のまま物置小屋に入って、ひとり涙を流す。息子が、「父親が二人いるのか」と友だちにいわれて喧嘩をし、酒の入った元の夫と新しい夫が揉めているのを見てからだ。

常識では考えられない、夫と子供連れの再婚だが、トゥヤー自身が決めたことだ。夫と離れないで、この地で生きる道はこれしかなかったのだろう。それにしても、これからどうやって暮していくのか。

映画が終ったのが十二時過ぎ、エスカレーターで〈ウェッジウッドティー〉へ行って、小さなサンドウィッチをつまみ、紅茶を飲む。トゥヤーの涙の顔が眼の奥に残っている。静かな店内と、紅茶がポットで来るのが気に入って、ル・シネマのあとはここへ来る。二人連れの女の人が二組と、私のように一人の人もいる。珍しく三十代の男の人二人が向いあってアイス紅茶を飲んでいた。

三時過ぎ国立駅に降り、大学通りをぶらぶら歩いて帰る。桜は八分か九分か。二十九日（土）三十日（日）は桜見物の人でこの道は身動きがむずかしくなるだろう。土、日は蟄居がいい。〈ベニヤエシダレ〉がまだ蕾であることをたしかめて帰る。

三月二十九日

午前中に団地の商店街へ行く。通販でたのんだサンダルを返却しようと包み直して持って出る。団地の中を斜めにぬける。私の住んでいる棟は外れだから、ゆっくり歩くと五分かかる。桜の樹も何本かあって満開だが、人は出ていない。酒屋で荷物をたのんで、罐ビールの小さいのを六本買い、すぐ先の〈とれたの〉で菜の花一二〇円を買う。近くの農家の朝どりの野菜を売る店で、隣に喫茶店〈ここたの〉がある。この二つの店は、一橋大学の学生が企画運営しているという。すぐ横の桜通りへも出ず、大学通りの桜並木も見ないで帰る。

午後、二、三日前に読み終った『回復まで』（メイ・サートン著、中村輝子訳、みすず書房刊）の付箋をつけたところをノートに書き写す。

いままで、人生はいつも先のどこかに意外なことが用意され、驚くべきことが起こるのではないかという子どもじみた考えをいだいて、しばしばそうなりもした。いまはわたしの人生は終わり、あるいはほとんど終わりなのだと理解するようになってきた。終わりの無窮の時が近づいている。仕事と愛に溢れるほど満たされた豊かな人生だったし、いつでも消え去るままにまかせる用意はできている。おそらくこれが労働者の日の気分、せいぜいのんびりと過ごす休日、そして夏の終わりなのだろう。

これはメイ・サートンの六六歳から六七歳にかけて書かれた日記形式の作品だ。この形式の親しみやすさもあるのだろう、私は友だちと話し合うように読んだ。私の生活は過去も現在も、華やかな色彩にとぼしく、メイ・サートンのように豊かなものではない。死を迎える用意もできていない。共通点といったら〝独り居〟と老年ということか。

メイ・サートンの作品をはじめて読んだのは、最後の作品『82歳の日記』だった。二年前に本屋の棚で見つけた。

人里離れたメイン州ヨークの海辺の家に独りくらすメイ・サートンの最晩年といえる一九九三年七月二十五日からはじまる日々が、内面のつぶやきも含めて、率直に生き生きと語られている。広い敷地に草花が咲き乱れる恵まれた自然のなかでのくらしだが、冬は凍りつく寒冷地でもある。その凍てつく冬、暖房が切れたところは、恐ろしくて本を閉じた。

夏休みにはずっと滞在する友人や、日常の買い物、食事づくりを手助けしてくれる人、深く語り合える友人たちに恵まれた生活でもある。ピエロという猫の存在も大きい。

自分の詩が書評の世界でまともに批評されないことに苦痛を感じ、日記『アンコール』が新聞で〝悪評〟されたことに深く傷つき、読者からの手紙には、時間をかけて返事を書く。

ここで私が書き写したのは、デボラ・ピーズの新刊本『はるかむかしに』を共感して、いっきに読んだときの感想だ。

家をもつこと、自分自身のほんとうの家庭をもつことを許されない彼女のようなひとを、とてもいとおしく思う。感受性が豊かで、かけがえのないひとだけれど、世間からは孤立している。それがこの本を味わい深いものにしている。

四月五日

午後から、相模原の高田さん宅へ出かける。マンションの一室で〝蚤の市〟をするという。あたたかい陽射しと、「すこし遠出になりますが、遊びがてら、お出かけ頂ければうれしいです」に背中を押されて、南武線、小田急線と乗り継いで行く。高田さんとは、同じ職場にいたことがある。三十年も前のことだ。

エレベーターでマンションの四階に上ると、高田さん宅は扉が開いていた。玄関の履物をすこし避けて靴を脱いで上る。台所と居間、襖を取り外した和室が見渡せた。

私は、すすめられるままに居間の椅子に腰掛けて、大きなテーブルでお茶を飲んだ。陶器の皿を持ち上げている人、和室でコートを引っ掛けて鏡の前に立つ人もいる。一時間近くいて、大きなマグカップを三〇〇円で買って外に出る。高田さんがマンションの出入口まで送ってくれた。

公園の桜を左に見て、緑道という道を歩いて東林間の駅へ向う。自転車も通らない歩道だ。高田さんは〝蚤の市〟が終ったらすぐに札幌へ行く。ご主人の勤務先のあるところだ。翻訳の仕事も待っている。こんなことまでするから尚いそがしいのに、と思いかけて、高田さんにとって人とのつきあいがだいじなことなのだ、と思い返す。

今年の賀状を引く。

私はといえば、人生も還暦をすぎたいま、あまり寄り道はせず、目移りもやめて、したいこと、できること、しなくてはならないことに的をしぼっていくしかない、と思い定めています。口幅ったいようですが、人間の尊厳といのちをおろそかにする流れに非力を承知で抗っていくことが、これからの宿題である、と。具体的には非戦と、冤罪を雪ぎ、死刑を廃止するささやかな活動を、しつこく続けて生きたいと思っています。頭と体が動く限り。

活動には、たくさんの人の理解と支持がいる。この何年か、私は一年に一度位会っている。人の話に深く耳を傾ける人で、私がたまに書く身辺雑記に、文章で返事をくれる。忘れたころということもあって、私は高田さんの手紙を待っていることが多い。

日曜日

「たのしい一日でした。ありがとうございました。お元気で」

と言って、河田さんの顔をちょっと見てから私は国立駅で電車を降り、八王子まで乗っていく河田さんを見送った。ホームを歩き、階段を下り、タクシーを拾って帰った。九時には間があった。手や顔を洗って、椅子にすわってお茶を飲んだら、あんなこと、人の顔を一瞬でも見つめてから別れるなんて、今までにないことなのに、とすこし気になった。

河田さんから電話があったのは、一週間前だった。

〈風の楽団空心彩（くうしんさい）〉のコンサートに行かないか、という誘いだった。コンサートといっても小さな楽団の、「ケーナ、シーク、ギター……」はじめてきく楽器もあって、おもしろそうだった。

十一月最後の日曜日は、よく晴れて、風もなかった。会場の千駄木ガレージは、日暮里駅北口、〝谷中銀座通り〟の突き当りにあった。散策の人波をすりぬけてたどりついた。

別れるとき、たのしかった、と言ったのは、ほんとうのことだ、と思いながら、夜までの外出に疲れて、椅子に深く掛けたまま、しばらくぼんやりしていた。出不精の私が、このごろは膝や脚全体のたよりなさも重なって、外へ出るのがおっくうになっている。別れ際に顔を見たのも、とっさに、もう会うことはないかもしれない、と感じたのか。

コンサートが終って外へ出たら夕暮れだった。人通りのすくなくなった〝谷中銀座通り〟を駅へ向ってぶらぶら歩いた。名物の四〇円のコロッケを四つ買って、カレー屋の二階へ上った。インド人の青年が片言の日本語で注文をとりにきた。

ゆったりした椅子にすわって、カレーの運ばれてくるのを待っていたら、背中がだるい。五十人で満席、段のない舞台、「竹田の子守唄」「アメイジング・グレイス」「コンドルは飛んで行く」と、親しみやすいコンサートだったが、ベンチにすわっての二時間で、背中が疲れていたのだろう。

河田さんとは、近くの学校、八王子と西八王子に勤めていたことがあって、知りあった。四十年も前のことだが、三十年以上付き合いというほどのものはなかった。今日のように、誘われてコンサートへ出かけたり、小さな劇団の演劇を観に、中野や下北沢へ出かけるようになったのは、この四、五年のことだ。

帰りの山手線は空いていた。席をゆずられて、二人並んで腰掛けた。夕方から夜の、特に中央線の混雑、殺気に、恐怖を感じていた私は、日曜日はこんなに違うのか、と電車の中を見回した。

河田さんが私の住居に、車を運転して現われてから四年経つ。手帳でたしかめたら、二〇〇五年四月三〇日だった。ショートカット、化粧気なし。途中、直売所で買ってきた大根、じゃがいも、玉ねぎの大袋を下げていた。定年で仕事を辞めたあと、息子さんとご主人を病気で亡くして、一人ぐらしになってからだ。亡くなる前後のことをはじめてきいた。今は、ギターを習っている。練習が大変で指や爪を傷つけるが、先生や仲間に恵まれて、たのしいという。

私の作った料理とはいえない昼食、コーヒー、パン、スモークサーモン、イモサラダをおいしい、おいしい、と食べ、特に「コーヒーがこんなにおいしいものだとは思わなかった」と言い、七時過ぎに帰った。ゆるい付き合いがはじまったのは、このころからだ。

河田さんがぽつんと言った言葉が耳の底に残っている。新宿で中央線に乗り換えて、しばらくしてからだ。

「としをとると気が弱くなるのでしょうか、ひとりぐらしがさびしいとおもうこともあるんですよ」

たまには、私からも電話を掛けようか、と思い付いて、お茶をいれ直そうと立ち上がった。

過ぎ去った日

月に一度の三人の集まりがよく十年も続いた、とふっと思うことがある。染木先生に「私に英語を教えてくださいませんか」といったのが切っ掛けだった。先生には中学二年の一年間、鴎友学園で英語を習った。

教えてください、とはいったものの、英語を勉強し直そうという気はまるでなく、引っ込み思案の私が先生ともうすこし親しくなるには、定期的に会う機会を作るのがいいと思ったからだ。私は五十を過ぎていた。

二、三日して電話があった。

「あなたと英語の本読むのおもしろいかもしれないわね」

「やさしい本にしてください。中学一年でも読めるような、内容はおもしろくて」

一週間してまた電話をくださった。

「堀さんがね、一緒に勉強したいって」

「えっ、だって英文科出た方でしょう」

「英文科っていっても五十年も前のことよ」

堀さん、というのは、堀辰雄夫人の堀多恵さんのことで、先生とは東京女子大在学中からの親しい友人だった。引き合わされたとき、人見知りのひどい私は気後れがし、高名な人の奥さんに会うのはいやだ、と思いながら頭を下げた。

「堀さん、私が紹介した友だちや卒業生のなかで、あなたが一番いいって」と先生にいわれたとき、耳を疑った。私の気後れと無愛想がよかったのか。私はその日、飾りけのないざっくばらんな人、笑顔が魅力的だ、と感じた。

染木先生宅の居間での写真が出て来た。三人が四角いテーブルを囲んで椅子にすわっている。裏に一九八九年二月とある。これが第一回の集まりだったのか。陽射しは感じられるが、後ろも横も障子が閉められていて、天井から電灯が下がっている。茶飲み茶碗と急須と、端の方に菓子折が二つ並んでいる。集まったばかりの写真だ。

三人の会は、染木先生の経堂、堀夫人の阿佐ヶ谷のお宅、私の住んでいた高井戸東のマンションと場所を変えて、月に一度、午後集まった。まずお茶を飲み、菓子を食べての雑談となる。何を話していたのか、一時間、ときには二時間と続き、よく笑った。話し疲れてから英語のテキストを開いた。四ページを堀夫人と私が二ページずつ読んで訳して、わからないところを先生に教わる。四ページがすむと、テキストはしまった。それから夕食、九時ごろ散会、というのが自然に出来た形だった。一回目は鮨をとってくださった。近くに鴎友の卒業生の鮨屋があった。

その年の七月の会は、追分の堀夫人の家での合宿となった。当時堀夫人は東京と追分、半半の生活だった。私たちが着いてすぐ、男の子をつれた女の人が訪ねて来た。堀辰雄のファンだという。堀夫人はジュースを出して相手をしながら、私たちに、二階でゆっくりするようにいわれた。作り付けの本棚のある二階は静かだった。ゆったりした椅子にすわって黙っていた。ぼそぼそ話をした。

「堀さん、社交性と率直さが両立しているめずらしい人よ」

「人の話をよく聴いてくださる方ですね」

先生も人の話によく耳を傾けるが、社交性はない。中学二年の私は、授業は熱心だが、どこか頼り無い、のんびりしたところや、今から思うと精神の柔軟さを感じて、親しみをの先生は、飢えの時代だったが、四人の子持ちの先生に所帯じみたところはなかった。軍人だったご主人が戦後すぐ自裁されて、勤めに出た、ということで、はじめての勤め先が私の在学していた鴎友学園だった。先生は四年後に都立高校に移られた。一年で定時制に変わって、早稲田、その後都立大の大学院に通われた。

「仕事と、子供さんのこと家のこと、その上に大学院、どうやってらしたのですか」

「無我夢中だったのね。今でも娘に、お母さんはお勉強しか興味のない人、っていわれるけど、料理も下手で、娘たちは上手なのよ」

呼ばれて下へ降りたら、女の人が帰ったところだった。「今の人、堀辰雄が住んでいた家にやっと来られたって、泣き出したのよ、その女房はどんな顔をしたらいいんでしょうね」ちょっと苦笑していわれた。

その晩は、芝生の向かい側の書庫に泊った。筑摩の日本文学アルバム『堀辰雄』で見た書棚のそばに布団を敷いて寝た。

私の家で会をするときは、朝から掃除をし、夕食の下ごしらえをした。家事も料理も駄目な私が何を作ったのか。まめ鯵の揚げたてを出したとき、「あらこれ、骨も目玉もやわらかくておいしい」とすぐに無くなった。『暮しの手帖』を見て作った、とりだんご入り野菜スープは、お代わりをされた。「もうすこしいただくわ」「わたしも」弾んだ声が耳に残っている。

「ねえ染木さん、若い人がいるとたのしいわね」といわれたのは、この会がはじまって四、五年経ってからか。私は六十を過ぎていた。誰のことかと見まわす思いだったが、お二人と私の間には二十歳の年の差がずっとあった。

テキストはやさしい物語だったが、四ページの英文を読むのに、私は一週間を当てていた。単語のすべてを辞書でひき、意味と発音記号を書き込んで一つの文章の意味を考えた。考えながら辞書をひき直した。時間ばかりかかって面倒なことをはじめた、と思ったが、日本語でさっと読むのと違って、人物の行動や感情が心に深く入ってくることがあった。外国語で物語を読む新鮮さもあったのだろう。

染木先生が脳梗塞で入院されて、三人の集まりは終わった。先生が死去されたのは、それから七年後の二〇〇六年九月、九十二歳だった。経堂のお寺で告別式があった。残暑のきびしい日だった。堀夫人の、追分からの弔電が読み上げられた。「染木さん、あなた先にいってしまわれたのね」この言葉が、堀夫人の肉声できこえてきて、私はその日先生の死を実感した。

堀夫人、堀多恵さんが死去されたのは、二〇一〇年四月、九十七歳だった。亡くなるまでの十年間は、ずっと追分でのお暮らしだった。追分のお宅を訪ねたい、すぐに、と何度か思った。会いたい、といってくださったこともあったが、私は一度も行かなかった。

最後の二十年近く暮らされたのは、今は記念館になっている広い芝生と書庫のあるお住まいではなく、追分駅に近い地味な別荘地に建てられた、樹林のなかのお家だった。染木先生がお元気で三人の集まりがあったころ、春も夏も秋も冬も、泊めていただいた。作り付けの家具や本棚の高さも、窓の位置も、よく考えて建てられたお住いだった。特に冬の朝、床暖房の部屋から見た霧氷の美しさが目にやきついている。

お賀状ありがとうございました　お元気にお過しの御容子うれしいです　九十六才にそろ〳〵なりますがまだなんとか人間らしくしています　ちゃんと歩けないのは人間らしくはないのかな

一人の生活もなかなか大変ですが御近所の方々に支えられています　やさしいヘルパーさんたちにも　日没も　樹木も美しいです

お元気にお過し下さい

最後のお便りになった。しばらくして電話を下さった。

「一緒に住んでくださる方があって、あなたよりすこし若い人よ、たまにはけんかするけど。あなた一人じゃさびしいわね」

張りのあるお声だった。

一日また一日

〈カフェ　ルフュージュ〉へはじめて行ったのは、四月の半ば過ぎ、歯医者さんの帰りだった。一週間前に読んだタウン紙の切りぬきを持っていた。―コーヒー専門店「カフェ　ルフュージュ」は、国立市民体育館から程近い桜通りにオープンしたばかり。手作りのパンやケーキと一緒に、至福のひと時を。「おいしい深いりのコーヒーを飲みたければ、うちにどうぞ」と穏やかな雰囲気のマスター。ネルドリップで丁寧にいれたコーヒーの香りが、店内いっぱいに広がります。

矢川から乗ったバスを二つ目で降りた。桜通りへ出て、矢川の方にすこし戻ると、横断歩道の先に、赤い日除けシートが見えた。ここだ、とすぐにわかった。店内は全面ガラス窓で、横に広い。私は、すこし迷ってから、カウンターの左端にすわった。男の客が一人、入口近くの席でパンを食べていた。

顔を上げると、前の壁の棚にコーヒー茶碗が並んでいる。整然と置かれているのだが、絵柄や形の変化があって見飽きない。私は、しばらく眺めていた。

「これだけ集めるの大変だったでしょう」

「前に下北沢で店をしていましたから、そのときに」

この日の会話だ。背の高いこの店の主人は四十代か。ブレンドコーヒーは、しっかりした苦味があった。

一週間経った夕方近く、私は、住んでいる団地から〝桜通り〟を歩いて〈ルフュージュ〉へ行った。〝桜通り〟と呼ばれる歩道が、団地の脇から車道を挟んで二本、矢川の方へ続いている。二人は並んで歩けるが三人はちょっと、という道幅だ。すこし行くと左手に、ブランコや滑り台のある公園と、緑色のフェンスに囲まれた運動場が並んでいる。フェンスのなかで小学生が、ボールのやりとりをしていた。背の高い大人は、指導者だろう。

右手、車道越しに、今は何とよぶのか、郵便局の本局が見えてくる。その先が駐車場、ガソリンスタンド。駐車場のうしろにコンクリートの要塞がある。地元の人が〝百恵さんの家〟といっている建物だ。

すぐ前の赤い日除けシートを見て横断歩道を渡ると〈ルフュージュ〉なのだが、信号が赤になった。青に変って、店の扉を開けたら、カウンターのなかから女の人が、にこっと笑って迎え入れてくれた。あっ奥さんだ、と私も笑顔を返した。

この前と同じカウンター席にすわった私は、夫妻が粉を捏ね、卵を割っているのを見ていた。二人とも、黙々と手を動かしている。ゆっくりだが無駄のない動きだ。

「パンもケーキもみんな手づくりですか?」

「暇なときに作ります。前の店にケーキの職人がアルバイトで来ていて、一緒に作ったらおもしろくなって」

五月の連休は家にいた。人出を避けて、外へ出なかったが、〈ルフュージュ〉なら公園と桜並木の道で、往復三十分歩くのは運動にもなる、と思いついた。一度出かけたら癖になって、二日おきに行くことになった。〈ルフュージュ〉の意味をきくと、フランス語で山小屋、また避難所、という意味もある、という。そうか、避難所か、と呟いたら〈邪宗門〉が蘇ってきた。

〈邪宗門〉は、国立駅近く、路地の奥の、五十年続いた喫茶店だった。半年前、大正生れの主人が亡くなって閉じられた。入口は狭く、奥行きのある店だった。窓は、入口左側、一人の席の横にあるだけ。私はこの席が好きだった。ここでウインナーコーヒーを飲んだ。この小さな窓に、室内の灯りが映るとステンドグラスに見えた。壁や天井にはランプや振り子時計がたくさんぶら下っていた。煙草の匂いや煙が充満していたこと、トイレは汲み取り式だったことも想い出した。

扉が開かなくなってから、店の前に行ってみた。扉の前に花束がいくつか置かれている。二、三日すると片付けられ、また新しい花束が置いてあった。亡くなった主人は色白の大柄な人だった。入口近くの席にゆったりすわっていて、客が立ち上がると、ありがとうございました、またどうぞ、と頭を下げた。

連休が終った日曜日の六時過ぎ〈ルフュージュ〉へ行った。カウンターの端の席は空いていた。私はコーヒーはやめてショコラシューをたのんだ。白いカップを前にして、しばらくぼんやりしていたら、白いドレスの花嫁が眼の前に現れた。大柄で彫りの深い顔、映画『シリアの花嫁』の花嫁モナの凛凛しい姿だ。映画を観てだいぶ経つが、この花嫁の姿が眼の奥に残っている。

イスラエル占領下のゴラン高原から、娘モナがシリア側へ嫁いでいく一日の物語だ。一度境界を越えて国交のないシリアにいくと、二度と家族のもとへは帰れない。境界線を越える手続きもごたごたする。花嫁は、悲しみや不安をかかえながら、決意をもって、境界を越えようとする。

家に帰ってパンフレットを探したら、エラン・リクリス監督の文章があった。

『シリアの花嫁』は、ローカルな物語です。舞台はイスラエルとシリアのはざまで、描かれるのは、シリアとイスラエルに分断されたアイデンティティと忠誠心を持つドゥルーズ派の人々です。（略）情熱と、そしてとりわけスクリーンに登場する全ての人物への愛をもって物語は語られています。（略）愛という言葉は、思うに、葛藤を、そして葛藤の中にある人々を描き、これほどの苦しみ、憎しみと死とを経験してきた地域の物語を描くには、カギとなる言葉です。私の映画では、ペシミスティック（悲観的）な世界を前にして、私たちみんなが持たねばならないある種のオプティミズム（楽観主義）を巡るものです。そのペシミスティックな世界の中で、花嫁は、結婚するために、世界の残酷さを克服する術を模索するのです。（略）これははるか遠い場所にいるある家族の物語であるばかりではなく、私たちみんなの物語なのです。

八月に入った雨の日曜日、三時半に家を出て、〈ルフュージュ〉へ行った。私がいつもすわるカウンター席に人がいたので、右側の、窓に向った一人の席にすわった。奥さんがレトロなスタンドの灯りをつけてくれた。眼の前が桜通りだ。私は読みかけの本『朗読者』を出し、遠近の眼鏡を老眼鏡にかえて読んだ。読み終って本を閉じたら、客は私だけになっていた。煙草の匂いが鼻についた。店内は禁煙だからこの本の匂いだ。公民館で借りた本で特別汚れているわけではないが、沢山の人が読んだ跡が、どのページにも残っている。この『朗読者』を原作とする映画『愛をよむ人』をすぐ観に行こう、と思って立ち上った。

窓の前の雨上がりの道を、人がさっさ、と歩いて行く。「この道、ずいぶん人が通りますね」と言うと、「す通りなんですよ」と奥さんが言う。私は珈琲豆を買って、外へ出た。

映画を観に

『約束の土地』

砂漠にテントが張られ、たくさんの人が生活している。赤十字のマークのついた救護用の大きなテントもある。スーダンの難民キャンプだ。

この日、エチオピア系ユダヤ人ハナは八歳の息子を亡くした。ハナの泣き叫ぶ声が響きわたる。風土病や麻疹、赤痢、衰弱で子供たちや大人も死んでいく。映画『約束の土地』の主人公、九歳の少年の母は、そっと十字を切り、ハナから眼を離さなかった。

『約束の土地』を岩波ホールへ観に行った日を手帳でたしかめたら、二〇〇七年四月二十一日だった。三ヵ月近く経っている。私はこの三ヵ月、イスラエルへ移住する少年シュロモのことが頭から離れなかった。

『約束の土地』は二〇〇五年のフランス映画、監督はルーマニア生れのラデュ・ミヘイレアニュ。主人公シュロモ九歳、エチオピアのキリスト教徒である。母親とスーダンの難民キャンプに逃れていたが、内戦と飢餓の国エチオピアから脱出して生き延びるために、母親の機転で、米・イスラエル合同空輸作戦（一九八四年の「モーセ作戦」）にのり、ユダヤ人と偽ってイスラエルに移住する。

地べたでよく眠っていた少年は、母親に起こされる。母親は「行きなさい」と、少年に命じ、母親にしがみつく少年を突き離す。急に起こされ、意味もわからず母親と別れて列に並ぶ少年の潮垂れた姿が眼に焼きついている。少年は、息子を亡くしたばかりのハナと連れ立って、飛行機の待つところへ向かうバスに乗り込む。

移民のための審査はハナや通訳に助けられて通るが、深い咳をしていたハナはシュロモ一人が見守るなか死んでしまう。死ぬ前にシュロモに、必ず秘密を守ること、そうしないとエチオピアに送り返されることをいいきかせ、僕、ハナの息子でユダヤ人、お父さんはイサク、おじいさんと弟はヤコブ、妹はアステル、父と弟も妹もスーダンに行く途中で死んだことを覚えさせる。

たった一人の保護者も失ったシュロモは、知らない国イスラエルの寄宿学校に入れられ、「みなさんを迎えることが出来て大変うれしい」という校長先生の言葉を泣き出しそうな表情できいている。

シュロモがあてがわれた二人部屋でベッドにシーツを掛けているとき、同室になった男の子が入ってくる。その子がシュロモの身体に触れた途端に、その子を殴りつけ逃げ出す。食堂では、食事に手をつけず、子供たちから孤立して黙ってすわっている。他の子供たちがふざけて投げたパンがスープに入り込み、シュロモの顔に飛び散ると、その男の子に殴りかかる。職員から取り押えられると、狂ったように暴れる。教師が押えつけて食べさせようとするが、口を開けない。

その夜、ベッドの下の床に身を横たえたシュロモはうなされている。起き上って「僕が悪いんじゃない」とつぶやき、窓から月を見て「ママ」と月に語りかけ、裸足で寄宿学校を出て、南の方向へどんどん歩く。十二キロも離れたところで警官につかまり、連れもどされる。

学校では、手の焼ける子供、勉強は熱心だが粗暴な子供、として、どうすべきかが話し合われる。もっと厳格な学校に入れるべき、という意見もあった。これ以上上から押えつけられたら、反抗し、狂暴になって、どうなるのだろう。シュロモが生き延びる道はないのだろうか。独り他人のなかに置かれた九歳の子供の、とまどい、緊張、恐怖、不安がどんなに大きいか、わかってくれる人はいないのだろうか。ドキドキしながら観ていたら校長室に、養母となるヤエルと養父ヨラムが現れる。

物語は、考えられる最高の両親の養子になったシュロモが養父母の庇護のもと、白人の学校や社会の差別、ユダヤ人だと偽って生きていることの苦しみにも堪え、自分を見失わない青年に成長するのだが、私が眼を離せなかったのは、イスラエルに来たばかりの九歳のシュロモだ。

下校時、校門の前で母親たちが子供を待っている。正門が開いて子供たちがふざけながら出てくる。ヤエルは一人で出て来たシュロモを笑顔で迎える。そこへ教師が出て来てヤエルに話があるという。他の親や子供たちは教師とヤエル、すこし離れたシュロモを遠巻きにしている。教師の話は歯切れが悪いが、親たちの意向でシュロモに転校を勧告したいのだ。

「言いにくいんですが……シュロモが転校しないなら、レベルが下がるから学校を替えるという親が。シュロモは成績優秀なんですがね」

「それとアフリカの伝染病を恐れているんです。思い過ごしですが……」

ヤエルはとっさにシュロモの肩を抱きしめ、親たちに向かって叫ぶ。

「私の息子は世界で一番美しい。あんた達の子供より優秀！　とても健康！　吹き出物はストレスのせい。みんながこの子を苦しめるから。」

そしてシュロモの顔を舐め回し、

「シュロモは転校しません。バカやろう！」

と、もう一度叫んでシュロモの手を取り、足早に帰っていく。

ヤエルの勇敢な行動に圧倒され、画面に吸い込まれる。シュロモを守って一人、教師や親たちに立ち向かう勇気、見えや世間体から自由な行動だ。このヤエルがいれば、シュロモはイスラエルの白人社会で生きていける。

同名の小説を読むと、ヤエルは、はじめて会ったときに、少年シュロモの悩みを本能的に感じとっていたことがわかる。映画と同時期に、映画監督ラデュ・ミヘイレアニュとアラン・デュグランによって書かれた小説だ。

ヤエルの視線がシュロモの視線と交差した。その目はひどくさびしそうだった。（略）ヤエルは少年のなかに深い孤独を感じた。シュロモはヤエルが自分の思いを見抜いているのが分かり、視線を外した。気まずくなってヤエルも前を向いたが、失礼なことをしたとわびるようにもう一度振り向いて少年を見た。また二人の視線が合った。ぼくのことを気にかけてくれる人がいたなんて、とでも言うように少年は視線を待っていた。二人とも驚いた。ヤエルはことばを飲みこみ、ぎごちない微笑を浮かべた。奇妙な感情が少年を包み、会ったこともないこの人が決して知らない人ではないような気がした。なぜ黙っているのかこの人には分ってしまうのがこわくて、少年はうつむいた。ヤエルは当惑して前を向いた。（小梁吉章訳）

シュロモがこんなに深くわかり合える人に出会えたなんて、好運というより僥倖というのだろうか。ヤエルがいなかったら、少年がどんなに丈夫で、賢く、芯が強くても、エチオピアの母親の願い、「生きて（何か）になる」など考えられないことだっただろう。『行きなさい、生きて、そして（何か）になりなさい』はこの小説の原書の標題でもある。

『扉をたたく人』

恵比寿ガーデンシネマへ『扉をたたく人』を観に行ったのは、昨九年、八月二日だった。その日のメモに「疲れていてどうしようかと迷ったが観てよかった。ニューヨーク、9・11以後の、大学教授、移民の青年、ジャンベ。」とある。半年以上経つのに、この静かな映画が、私の中に静かに入ってきて、出ていかない。

特に眼の奥に残っているのは、ニューヨークの公園で〝ジャンベ〟を叩いている主人公ウォルターの笑顔だ。並んですわってジャンベを叩いているのは、移民の青年たち、ウォルターだけスーツ姿、年輩、白人、はじめは恥かしそうに、そっと。だんだんに表情がやわらかくなり、開放された笑顔でジャンベを叩く。ウォルターはアメリカ東部に住む大学教授、研究にも仕事にも、妻の死後のくらしにも、意欲や情熱を失っていた。同僚の代理で学会に出席するために、ニューヨークに来た。ニューヨークのセカンドハウスで移民の青年クレタと奇妙な出会い方をし、アパートにクレタを泊めることになる。このクレタが、アフリカのドラム〝ジャンベ〟の奏者で、この青年に手ほどきを受け、誘われて公園での演奏に加わることになった。

クレタとの奇妙な出会いというのは、ウォルターが久しぶりに自分のアパートの扉を開けると、アフリカ系の青年男女がいた。クレタとセネガル出身のゼイナブで、お互いにびっくりする。彼等は人の家とは知らず、金を払って住んでいて、詐欺にあったとわかったが〝永久許可証〟がないため、警察沙汰になるのを恐れて、すぐに荷物をまとめる。ウォルターは、今夜の宿のあてもない二人を見兼ねて、しばらくアパートに泊めることにした。

共同生活のなかで、ウォルターは、ジャンベを叩いているクレタの姿、その響き、打楽器ジャンベに興味を持つ。クレタは、ジャンベをもう一つ持ってきた。向かいあって椅子にかけ、太鼓を膝の間に挟んで手で叩くうち、ウォルターの表情に、今までにない生気が見られる。

このあとが公園での演奏の場面だ。この間、ウォルターの熱心な練習があり、ジャンベを叩く喜びのなかで、クレタへの信頼と友情が深まっていったのだろう。クレタを演じているのは、レバノン出身の俳優ハーズ・スレイマンだが、長身、礼儀正しさ、人懐っこい笑顔には、人を引き付ける魅力がある。

公園での演奏の帰り、クレタは地下鉄で、無賃乗車を疑われ、ウォルターの目の前で逮捕される。誤解だったが、問答無用、〝テロリスト〟のように扱われ、連行され、入国管理局の拘置所へ移送される。9・11以来、ニューヨークは、移民により厳重になっていた。

ウォルターは毎日クレタの面会に行き、弁護士も雇う。クレタの母親がウォルターのアパートに訪ねてくる。連絡がつかなくなった息子を心配して、ミシガン州からやってきた。扉を開けて入ってきた人を見て、私は、美しい人だ、とまず思った。外形の美しさ、というより、内面から出てくる、慎ましい美しさ、思慮深さ、というのだろうか。すこし前に見た映画、『シリアの花嫁』の姉を演じたイスラエル生まれのヒァム・アッパスが扮している。

ウォルターは、母親モーナやゼイナブと共にクレタの釈放に力を尽くす。移民の二人が拘置所へ行くのは危険なので、ウォルター一人、毎日面会に行く。

「人をこんなふうに扱っていいのか！　あんな善良な人間を」「こんなの間違ってる。われわれは何と無力なんだ」と拘置所の係官に怒りをぶつける。以前の無気力なウォルターには考えられない行動だ。

ウォルターの研究や仕事は、どうなっているのか、と気になって観ていたら、モーナに、「忙しくない。ちっとも忙しくないんだ。何年もまともな仕事はしていない。何もかも、ふりだけ。忙しいふり、働くふりでなにもしていないんだ。」と話す。

クレタはシリアへ強制送還されてしまう。弁護士にも理由はわからない。母親モーナとウォルターは、お互いに淡い恋愛感情をもっていたが、モーナは、アパートを丁寧に掃除して、ミシガン州へ帰っていく。ウォルターは、地下鉄の駅で独りジャンベを叩く。以前クレタが望んでいたことだった。なりふりかまわず夢中になって叩く。

この映画が忘れられないのは、主人公ウォルターの喜びの表情だ。しぜんで初初しいといってもいい。六十歳を過ぎてジャンベを叩くことで、心の底からの喜びをしり、その喜びがあふれだす。はじめは、おずおずと叩いているうちに、心の扉がだんだんに開かれていく。その変化を、大げさな身振や表情ではなく、繊細に、奥深く表現していて、ひきこまれた。

ウォルターを演じているのは、リチャード・ジェンキンス、これまで名脇役として知られていた人だ。トム・マッカーシー監督がインタビューに答えている。「私がずっと一緒に仕事をしたいと思っていた俳優でした。彼には、ごく普通の人の資質といったものがあります。彼は、決して飛び抜けた何かを持った人物として、真っ先には思い浮かびませんが、でも本当は、彼は傑出した才能の持ち主なんです。」

映画が終ったのは一時を過ぎていた。私は、朝から何も食べていないことに気がついて、すぐ隣の三越一階、軽食喫茶の店に入った。クロックムッシュを食べて、ぶつぶつ言いながらコーヒーを啜った。

〈私は、心の底からの喜びで、生きているだろうか〉
〈たのしいふりをしているだけでは〉
〈ほんとうの喜びって、何だろう〉

『縞模様のパジャマの少年』

角川シネマ新宿へ『縞模様のパジャマの少年』を観に行ってから、一年近く経つ。手帳でたしかめたら、昨九年八月二十四日、さらっとした凌ぎやすい日だった。衝撃的な最後で、ふらふらと映画館を出たが、八歳の男の子の澄んだ青い瞳、無邪気な好奇心が、目の奥から消えない。

この映画の原作、ジョン・ボイン、千葉茂樹訳、岩波書店刊、を読んだのは、今年の四月になってからだ。訳者の「あとがき」によって、この作品がアイルランドで長期間ベストセラーになって話題をよび、三十数か国で翻訳出版されていることを知った。

この物語は、第二次大戦中のナチスドイツによるユダヤ人の大虐殺（ホロコースト）を背景にしていて、その、ホロコースト、を真正面から描こうとした映画といえる。しかし、実際にはありえない事実の上に立ってもいる。プログラムに原作者ジョン・ボインと映画監督マーク・ハーマンの対談がある。原作者は「小説は、寓話の形をとっている」と述べ、監督は「ホロコーストを純粋な子どもの目から見るというのは、今までにないアイディアだと思った」と語っている。

映画の冒頭は、少年ブルーノが、友だち二人と両手を伸ばし、ぶうん、ぶうんと戦闘機になって、ベルリンの街の中を駆け回る場面だ。人々が歩いている間を縫い、ぶつからないように避けながら。ブルーノは仲のいい友だちと毎日遊んでいたが、ナチス将校である父親の昇進で、急にベルリンを離れなければならなくなる。引っ越し先は、まわりには、家も店も一軒もない殺風景な土地だった。

そこには、学校も、ブルーノの遊び友だちもいない。見かけるのは、父親の部下の軍人だけだった。威厳があり、家ではやさしい父親を尊敬していたが、父親の任務がユダヤ人根絶を目的とする死の収容所の指揮官であることは、知るはずもなかった。ブルーノの部屋の窓から、ずっと遠くに奇妙な建物が見え、昼間から「縞模様のパジャマ」を着た人たちが働いているのが見えた。母親はフェンスの向う側のことをブルーノの目から隠そうとし、絶対に近づいてはいけないという。その母親も「強制収容所」を「労働収容所」だと信じていた。

ブルーノは華奢な感じの男の子だが、どんなところにも楽しみを見つけて生き生きと遊ぶ少年で、古タイヤで、ブランコを作って揺らし、秘密の探検に心をときめかす。

ある日ブルーノは、母の目を盗んで探検に出る。禁じられた裏庭を抜けると森が広がっている。その森を抜けると、フェンスに囲まれた土地があった。二階の窓から見えた土地だ。しかし、フェンスはどこまでも続いていて、小屋や建物、煙突も見えなくなってしまった。一時間も歩いて、探検は失敗かと思いはじめたとき「点」のようなものが見え、近づくと、男の子が一人、地べたにすわっていた。「縞横様のパジャマ」を着ていた。

ブルーノの運命を変えたフェンス越しの出会いだ。原作を引く。

ブルーノを見つめかえしたその目には、いいしれない悲しみがたたえられていた。これほどやせていて、これほど悲しそうな人は、いままで一度も見たことがなかった。それでも、思い切って話しかけることにした。

『ぼく、探検しているんだ』

『そうなんだ』とその小さな男の子はいった。（略）ブルーノは男の子を見つめて、どうしてそんなに悲しそうなのかたずねようと考えたが、失礼かと思って聞けなかった。（略）

ブルーノは少年とおなじように、あぐらを組んで地べたにすわった。いっしょに食べるチョコレートか菓子パンでも持ってくればよかったかと思った。

フェンスのそっち側の少年の名前はシュムエル、ブルーノと同じ八歳だった。ブルーノは、ためらってからきいた。『フェンスのそっち側には、どうしてそんなにたくさんの人がいるの？　それに、みんなそこでなにをしてるの？』

ブルーノは、シュムエルという少年と出会えたこと、話し相手が出来たことがうれしかったが、このことは、母にも、姉にも言わず、自分だけの秘密にしておこうと思った。姉は、父の部下のコトラー中尉に熱を上げ、軍国少女になっていた。

午後、家庭教師との勉強がすむと、ブルーノは森を越え、シュムエルに会いに行き、フェンス越しに話をし、六時半の夕食に間に合うように帰った。

ブルーノの質問にシュムエルは答えようとする。ポーランドの静かな街で、時計職人の父、教師の母、兄と暮していたが、ある日、なにもかも変った。ユダヤ人は、星を描いた腕章をつけなければ外へ出られなくなり、住んでいた家から追い立てられ、汽車に乗せられて、このフェンスの中に連れて来られた。母は別のところに連れて行かれた。

ブルーノは、シュムエルの、特に母と別れた悲しみはよくわかったが、「ユダヤ人」がどうしていけないのか、汽車やフェンスに出入口がないなんて、考えられなかった。二人は、相手によく通じないことを話しながら、相手の心を傷つけないよう気遣った。境遇は全く違っていても、話し合うことが愉しかった。お互いに気のあうことを感じていた。

一年後、ブルーノはベルリンへ戻ることになった。父が、家族をベルリンの家へ帰すことを決断したからだ。母は、真相を、父が死の収容所の指揮官で、たくさんのユダヤ人をガス室へ送ったことを知った。煙突から出る異様な匂いで気づいた。ブルーノが父の執務室の前を通りかかったとき、母の大きな声をきいた。「ほんとうにおそろしい」「ぞっとする」「もうがまんできない」母は健康を害し、昼寝や薬用酒の助けを借りていた。

ベルリンへ帰る準備がされていたが、ブルーノはベルリンへ戻ることがうれしくなかった。シュムエルと会えなくなるのがいやだった。

そして別れの日、ブルーノは、約束通りフェンスを越えて、シュムエルのいる側へ入っていった。シュムエルの持ってきた「縞模様のパジャマ」に着替えて、フェンスの底を持ち上げ、穴を掘って潜り込んだ。ここは、「寓話という形」をとった物語のなかでも、とうていありえないところだ。フェンス、鉄条網、には高圧電流も流され、子供が潜り込めるものとは考えられない。

ブルーノは、フェンスのなかを探検したらすぐに帰るつもりだった。しかし、二、三日前からシュムエルが、父がいない、見つからないと悲しんでいたので、一緒に探すことにした。ブルーノがそこで見たのは、やせこけて、悲しそうに地面を見つめている「縞模様のパジャマ」を着たたくさんの人々と、その人たちをとりしきっている、怒鳴り散らす軍服姿の兵士だった。

二人は、あっちこっち探したが何の手がかりもない。あたりは暗くなりはじめた。ブルーノが帰ろうとしたとき、大きく笛が鳴り響いた。二人の立っている一画を兵士たちがとりかこんだ。二人は、大勢の人がひしめく渦の真中にまきこまれ、何がおこったのか、自分がどうなるのか、よくわからないまま、ガス室への「死の行進」に加わった。人々のおびえやあえぎの声のなか、ガス室の扉はとざされた。

私は、ブルーノとシュムエルが「死の行進」にまきこまれても、最後にブルーノは助けられるのではないか、と思っていた。二人の入った「ガス室」の扉が外から閉められる金属音をきいて、からだの芯がふるえる衝撃を受けた。ありえない事実の上に立った物語であっても、マーク・ハーマン監督が意図した「心を打ち砕かれて」外へ出た。

『死者の書』と二本の映画

『死者の書』『博士の愛した数式』『かもめ食堂』は、今年、二〇〇六年の三月、四月に私の観た映画の題名だ。四月が過ぎ、五月、六月になっても不意にこのなかの一場面が眼の前に現れたり、したした、つたつた、に追い詰められて眼が醒めたり、千曲川の河原の風に吹かれて日が過ぎている。

『死者の書』は岩波ホールへ二度観に行った。折口信夫原作、川本喜八郎監督の人形アニメーション映画で、二度目に観たのが三月十三日、五ヵ月も前なのに、したした、つたつた、という音が消えない。

「した　した　した」は水の音、五十年前に謀反の罪で処刑された大津皇子が目覚めて聞いた音、というより頭の上からしたたってくるこの水音で意識をとりもどした、といえるのだろう。不気味な音だ。

「つた　つた　つた」はこの大津皇子が、奈良時代の貴族の娘、藤原南家郎女（なんけいらつめ）へ向かう跫音だ。大津皇子は処刑されるときに耳面刀自（みみものとじ）という美女を一目見、その美しさが忘れられず、死からよみがえったとき、同じように美しい郎女を五十年前に見た耳面刀自その人と思い、会いに行こうとする。

黄色い髪をふりみだし、白い肌の大津皇子が夜更けに、郎女の寝所に、つたつた、ひたひたと迫ってくる。これ以上近付かないでほしい、死霊にとりつかれたら姫はどうなるのか、と恐れながら、一方で、もっと近付いてとりついてほしいと画面に引き込まれる。姫は、つたつたが近寄ってくる恐ろしい夜更けを待ってもいた。折口信夫の原作を引く。

つた　つた　つた。

郎女は、一向（ヒタスラ）、あの音の歩み寄って来る畏しい夜更けを、待つやうになつた。をとゝひよりは昨日、昨日よりは今日といふ風に、其跫音が間遠になつて行き、此頃はふつゝに音せぬやうになつた。その氷の山に対うて居るやうな、骨の疼く戦慄の快感、其が失せて行くのを虞れるやうに、姫は夜毎、鶏のうたひ出すまでは、殆、祈る心で待ち続けて居る。

聡明で深い信仰心をもつ姫は、大津皇子のために「あなとうと阿弥陀ほとけ」と一心に祈り、何も身に着けていない大津皇子が「おいとおしい」と身を披う衣を蓮の糸で織る。憑かれたように身を捨てて織る。真白い冷めたい肌に大きな長い目の人形の、ひたむきな表情、姿は、エロチックでもあり、人間にはない澄んだ気品も感じられる。

この姫の美しさに魅せられて、しんとした気持でホールを出たのだが、私の身体の奥に染み入って出ていかないのは、『した　した』『つた　つた』の気味の悪い響きだ。

『博士の愛した数式』を吉祥寺のバウスシアターへ観に行ったのは三月二日だった。小川洋子の原作から受けた感銘をこわされるのでは、と小泉堯史監督、寺尾聰主演の映画は観ないつもりだったのに、今日で終り、ときいて出かけた。

その日のメモに―博士の純粋さ、哀しさ、僥倖ともいえる、家政婦とその十歳の男の子との友情、深く入ってくる。五時半帰宅―とある。どこへも寄らず、誰とも口をきかずに帰って来た。

事故にあって、八十分しか記憶がもたない元天才数学者の博士、胸元、衿、袖口にメモの紙をいくつもつけ、義姉の保護を受けて暮している。具体的には、家事一般を家政婦にゆだねることで日常生活が成り立っている。数式に対する情熱は失われていない。世間的に何の意味もないから、より純粋に強くなっているのだろう。

若い家政婦が千曲川のほとりを自転車で通る。対岸にはまだ春の色に変っていない山並みが見える。人通りのない明るい陽射しのなか、風に吹かれて自転車をこぐ深津絵里扮する家政婦の清楚な姿が忘れられない。仕事場である博士の家へ向かっているのだ。映画が終ってからもこの千曲川を吹く爽やかな風が私のなかを吹き抜ける。

邪念や俗っぽさのない博士の優しさ、頼りなさを寺尾聰が好演していたが、他の家政婦は何人も辞めていったのにこの「新しい家政婦さん」だけが続いた。博士に強い敬意と友情をもち、博士を通して数式の不思議さ、美しさにひかれ、息子と三人であたたかい豊かな時がもてた。

この人だけがどうして「僥倖」ともいえる人間関係を博士ともてたのか。それは、「新しい家政婦さん」の資質が大きいだろうが、息子を一人で育ててきた現実生活のきびしさも大きいのではないか。同質でないものへの不寛容な世の中で、十年間、差別され、言葉やまなざしで傷つけられ、それに立ち向かって生きてきたのだろう。そのことが、家政婦を一人の人間とみて数式を語り、十歳の子供を全面的に受け入れ、細かい心遣いをする博士の、打算や世間の常識と離れた人間、その世界に、強く魅かれたのではないか。

原作群ようこ、脚本・監督荻上直子の『かもめ食堂』を四月十四日、新宿文化シネマの七階で観た。定員六〇の小さいところで、予告編もなくすぐにはじまった。私の整理番号は56、最前列の席で、頭を椅子の背に乗せて顎を突き出す格好で観た。十二時四十分からの回なのに、朝から何も食べていなかった。お腹がぐうぐう鳴った。

ところはフィンランドのヘルシンキ、ここで日本人の女性サチエが一人で小さな食堂を営む。四十歳位か。サチエを演じるのは小林聡美、しなやかな身のこなしが魅力的だ。客は入らない。偶然出会った片桐はいりのミドリが手伝う。すこしして、もたいまさこのマサコも手伝う。この人は五十位だ。

客が入るようになった。三人は心を合わせて丁寧に料理を作り、客を持て成し、テーブルを片付け、皿を磨く。客は近くに住むフィンランド人だ。白木の椅子とテーブルで豚のショウガ焼き、とんかつを食べ、おにぎりにかぶりつく。

三人がどんな過去を持ち、どうしてフィンランドに来たのか何の説明もされていない。が、三人にはそれぞれの存在感がある。

清潔で、整頓され過ぎていない店内、そこでの日日のくり返しが淡々と映し出されているだけなのに、どこかとぼけたおかしみがあり、豊かな空間と時間が感じられる。

帰ったら白い御飯を炊いて、梅干しのおにぎりをすぐに食べよう、フィンランドへも行きたい、と愉しい気分になって外へ出た。

『冬の小鳥』

『冬の小鳥』を岩波ホールへ観に行ったのは、昨十年の十月だった。一年近くたつのにこの映画を忘れることが出来ない。九歳の少女ジニが私のそばを離れない。

ジニは大好きな父親と二人で旅に出る。映画の舞台になっているのは、一九七〇年代の韓国だ。服や靴を買ってもらい、食堂で黙って杯をかたむける父の酒をすこしもらって、「歌ってあげる」と、歌謡曲を低い声で歌う。〈あなたは／知らないでしょうね／どれだけ／愛していたか／時が流れれば／きっと後悔するわ〉九歳の女の子には似合わない歌だが、ジニの運命を暗示している歌といえる。

旅の目的地は、児童養護施設だった。父は、「すぐに迎えに来る」といって消えてしまった。ひとり置いていかれたジニのとまどい、怒り、かなしみ、絶望の日々、「孤独な魂の旅」がはじまる。

ジニは、「すぐに迎えに来る」という父親の言葉を信じて、施設に馴染もうとしない。寮母さんにも子供たちとも口をきかず、出された食事を手で払いのけ、食器ごと床に落してしまう。急に親の庇護がなくなった、大好きな父親に置き去りにされた子供の心の傷の深さは、想像するのもむずかしいが、ジニは泣いたりわめいたりしないで、かたくなに心を閉ざし、せいいっぱい反抗することでひとり堪えているのだろう。ジニの強い視線が真っ直ぐに観る者に向かってきて、心の震えがじかに伝わってくる。

このジニを演じているキム・セロンについて、ウニー・ルコント監督が「彼女に決ったのは、撮影に入る二週間前だったんです。カメラに映っただけで存在感がある。天性の勘のよさがあり、自分の経験した感情を役に重ね合わせて演じることがごく自然にできる子どもでした」とプログラムで語っている。

ジニがなぜこの施設に来ることになったのか、胸の奥につかえていた記憶を、自分の言葉で語るところが一場面だけある。健康診断のとき、医師と向きあってすわって、図形に色を塗りながらだ。ぽつり、ぽつり話す。新しいお母さんがはじめて来たとき、その赤ちゃんを抱こうとした。赤ちゃんが泣きだした。「赤ちゃんの足を見たらね、血が出てたの。安全ピンが刺さったみたい。でもね、パパとママはそれを見て、私が刺したっていうの。わたしのせいで赤ちゃんが死にそうになったって」九歳の子どもジニの視点からだけ描かれ、他に何の説明もない。

『冬の小鳥』は二〇〇九年、韓国・フランス合作の映画で、ウニー・ルコント監督のはじめての作品。ソウルに生まれ、フランス人牧師の養女として育った監督が自分の体験をもとに脚本を書き上げた、という。しかし、物語の展開はフィクションで、「九歳だった時の心のままに書いた」と語っている。わかりやすくするための説明や解釈のない、寡黙な抑制のきいた作品で、そぎ落とすことで、観る者の胸に深く染み入るものになっている。

ここはカトリック系の女児だけの養護施設で、子供を養子にしたい夫婦の来訪があり、子供も養子にもらわれることを待っている。ジニは、父が迎えに来るのを祈るように待ち続け、養子にいくことを拒んでいるが、院長、シスター、寮母の対応はおだやかだ。「パパに電話したい」「番号を知らないんだ」院長室でのジニと院長の会話だ。院長は、父親がジニを迎えにくることはない、とわかっていても、ジニが自分で納得するまで待とうとする。

ジニに友だちが出来た。二歳年うえの、のっぽのスッキだ。二人は子供たちが寝静まってから台所へ行き、高い棚の上にあるケーキを切って食べほほえむ。やっと心を開きかけたジニの表情が新鮮だ。二人は怪我をした小鳥の世話をかくれてする。小鳥は死に、土に埋める。スッキはアメリカ人の夫婦にもらわれていく。ジニも一緒に行こうと言ってくれて、ジニもすこし心が動き、「指切り」までするのだが、ひとりで行ってしまう。裏切られたジニは心を閉ざし、怒りをぶつける。

集会室で子供たちが送られてきた衣服やおもちゃを楽しそうに開けている。ジニは壁にもたれている。シスターに「開けてみて」と箱をさし出されたジニは、床に投げつけ、箱から飛び出した人形の服をハサミで切り、身体を折って床に叩きつける。他の少女が持っていた人形をもぎとり、身体をバラバラにむしり、力をこめて床に投げ捨てる。寮母がジニの手を引いて物干し場に連れていく。ひどい目にあわされるのでは、と見ていると、寮母はジニに棒をわたし、ムシャクシャするなら、布団を思いきり叩けという。寮母がその場を去って、ジニは泣きながら布団を力いっぱい叩く。

教会にみんなが行く日、ジニは具合が悪いとひとり残る。誰もいなくなってから庭の繁みに入り、シャベルで土を掘る。穴にしゃがみこむ。両手で身体に土をかぶせる。顔にも土をかける。顔にかけられた土がかすかに動いている。くるしくなって土を払う。瞬きをする。ジニは空を見上げる。深いまなざしだ。これはジニの埋葬の儀式か。父に棄てられた自分をたった一人で埋葬しなければ、どうしようもなかったのだろう。

飛行機から降りたジニは首から大きな名札を掛け、フランスの、会ったことのない養父母が迎えに来ている出口に向かう。院長室で養父母候補の写真を見ているジニがうかんでくる。「どう？　気に入った？」「年を取りすぎてる」「いい人たちだ、優しくしてくれるさ」どんな運命でも受け入れようとする覚悟の出来た、従順な、無表情な顔で歩く。

飛行機を降りる前にジニが回想したのは、施設へ来る前の日に、父の背中につかまって自転車に乗った父の背中とその背中に頬を寄せて笑っていた時のことだ。かげりのない笑顔だった。父に買ってもらった花模様のブラウスとピンクのジャンパースカートを着たジニのゆっくりした歩みに「あなたは知らないでしょうね」の歌が、かぶさって聞こえてくるようだ。あの歌は父への「思慕」のうた。父への思いは、これからもずっと消えることはないだろう。

『菖蒲』と『桃(タオ)さんのしあわせ』

『菖蒲』、『桃さんのしあわせ』は、昨十二年十一月に観た映画だ。『菖蒲』は二十五日に岩波ホール、三十日に『桃さんのしあわせ』を渋谷の文化村まで観に行った。九月ごろから膝の痛みがひどく、歩行困難になっていて、エレベーターもエスカレーターもない御茶の水駅や、乗り換えと駅からの距離のある文化村まで、やっと行って観た映画だった。

『菖蒲』

『地下水道』(一九五六年)『灰とダイヤモンド』(一九五八年)などで知られるポーランドの巨匠アンジェイ・ワイダ監督の二〇〇九年に作られた新作。

私は十年一月に、『菖蒲』の二年前に作られた『カティンの森』を同じ岩波ホールで観た。この作品は、第二次大戦中にポーランドの将校がソ聯軍に虐殺された事実に基づいた作品。将校の一人で虐殺され、歴史の闇に葬られたワイダ監督の父親の真実を暴き出した作品といえる。この映画から受けた衝撃が私の中に今も残っている。

二年後に作られた『菖蒲』は静かな奥深い作品だった。観終って日が経つうちに、すこしずつ、からだの奥にしみこんできて、忘れられない作品になった。人間の生死、生のはかなさが、美しい自然、ゆったりしたくらしの底に流れている。

映画は、物語の主人公マルタを演じる女優、クリスティナ・ヤンダの独白からはじまる。ヤンダは最近夫を病気で亡くした。その最後の日々の痛切な思いを語る。夫はワイダ監督の盟友で撮影監督、この作品の撮影半ばで病死したのだった。『菖蒲』は、イヴァシュキェヴィチの短編小説『菖蒲』の物語と、このヤンダのモノローグ、撮影現場を撮った実写、の三重構成になっている。

『菖蒲』の物語は、悠々と流れる河のほとりの、小さな美しい町が舞台で、主人公マルタ（ヤンダ）は、夫の医師（ヤン・エングレルト）と、診療所兼住居に住んでいる。二人の息子を第二次大戦中のワルシャワ蜂起のとき亡くしている。マルタは体調がすぐれなくて、夫に診てもらうと、癌で、死期が迫っていることがわかる。夫は本人には言わない。

季節は春から夏、マルタは戦争など大変な時代を越えてきたころの苦労をしみじみと思い返す。河辺のカフェで見かけた青年ボグシの若さに魅かれる。レジスタンスで死んだ息子と同じ年代のボグシに淡い恋心を持つ。

ある日ボグシを誘って河へ泳ぎに行く。ボグシに宗教行事でつかう菖蒲を取ってきてもらうのだが、ボグシが急に溺れる。マルタは、ボグシを助けようと潜水する。助けるのはむずかしい。ここでヤンダは、マルタを演じ続けられなくなり、ヤンダにもどって、撮影現場から水着で逃げ出し、現場のスタッフをあわてさせる。

ヤンダのモノローグ「何が起きようと、私は彼の、彼は私のものと思っていた」「最後の晩、私は眠れず、夫のそばで泣いていた」「水を飲ませる間、ふと開いた彼の目は何も見ていなかった」「彼に口づけした。唇が冷えていくのを感じた」

物語のマルタは助けを求める。二人の男がボグシを岸に上げ、手当てをするが反応はない。マルタは反応のないボグシを抱き起こし、身体を撫で、キスをする。

『桃（タオ）さんのしあわせ』

二〇一一年に作られた香港の映画で、監督はアンホイ、原作は映画製作者のロジャー・リー。ロジャー・リーの実話に基づいた物語だという。

十三歳から六十年間家政婦としてロジャー・リー（アンディ・ラウ）の家で働いてきた桃さん（ディニー・イップ）の、老、病、死が描かれているが、暗くはない。ほの明るい空気につつまれて、映画館を出た。大きく揺さぶられた、というのではないが、ゆっくりと沁み込んでくるものがあった。

桃さんの主家の人たちは、アメリカに移住し、独身のロジャー・リー一人が香港に残った。今は、七十歳をこえた桃さんがロジャーの世話をしている。時間をかけて作った料理を次ぎ次ぎにテーブルに並べる。ロジャーの好きな、健康にもいい料理だ。ロジャーは黙々と食べる。

桃さんが脳卒中で倒れて、病院に運ばれた。一命は取り留めたが、働けなくなった。付き添いの人をつけて一緒に暮らそう、というロジャーの申し出を断って、桃さんは老人ホームに入る。

個室とはいっても、うすい板で区切られた狭い部屋で、共同のトイレの臭いもひどかった。食事のときは、入れ歯をはずしてテーブルに置く人、音をたてて、こぼしながら食べる人、それを叱る人もいて、さわがしい。

ロジャーが老人ホームに会いに来る。静かなほほえみで迎える桃さんは、きかれても愚痴ひとつこぼさなかった。ロジャーが老人たちに「義理の息子」だと言ったとき、うれしそうな顔をした。ホームの人たちにも桃さんは穏やかに接し、親しい人もできた。ロジャーに、会いに来るより仕事をしてくれ、というが、ロジャーが来てくれるのを心から待っていた。

桃さんか一番「しあわせ」そうだったのは、ロジャーがプロデュースした映画のプレミア上映に誘われて出掛けたときのことだ。髪をセットし、精いっぱいおしゃれをしてロジャーに寄り添ってほほえんでいる。晴れやかで、ちょっとはずかしそうな笑顔だ。

ロジャーは桃さんを一度家へ連れて帰った。二人で荷物の整理をすると、初めての給金がきれいに保存されていた。ロジャーをおんぶした紐や古い写真もあった。

ロジャーは時間をつくっては、ホームに桃さんを見舞って、外に誘い出した。街をゆっくり歩いて食堂に入る。ロジャーが取り分けて二人で食べた。桃さんの老いが深まると、街の中を車椅子を押して歩いた。身体がまひし、言葉も不自由になった桃さんの車椅子をゆっくりと押した。

桃さんが入院して最期が近づいたとき、会わせたい人はいないか、と訊かれたロジャーは、即座に、誰もいない、と答える。桃さんは、天涯孤独だった。その桃さんの晩年は、ロジャーに見守られて穏やかだった。

ロジャーにとっても桃さんの存在は大きい。その大きさに気づいたのは、桃さんが倒れて、家にいなくなってからだ。桃さんが自分にとってどんなに大切で、かけがえのない人かがわかったのは、ホームに桃さんを見舞うようになってからだろう。一緒に街を歩き、車椅子を押し、二人だけの心の通う時をもった。淡淡と桃さんの老いに寄り添うロジャーは魅力的だ。桃さんは、主家の息子ロジャーに、「感謝」の気持ちで接する。この、肉親とは違う距離感が、二人の関係を透明感のある、あたたかいものにしている。

本を読んで

吉本ばなな『みずうみ』
桜庭一樹『少女七竈と七人の可愛そうな大人』

よしもとばなな『みずうみ』と、桜庭一樹『少女七竈と七人の可愛そうな大人』は、昨十年、公民館の、くにたちブッククラブで取り上げた作品だ。よしもとばななの作品は『キッチン』とたしか『海のふた』を読んでいたが、『少女七竈と七人の可愛そうな大人』は、一樹という名前から男性の作品かと読みはじめた。三十代終わりの女性、〇八年に『私の男』で直木賞を受賞、は、読み終わってから知った。

『みずうみ』

「『ここには死にそうな人がたくさんいるから、病院の外にいるよりもかえって安心できる』と感じた。

底の底にいるときは、その場所にしかない独特の甘みがあるものだ。」

冒頭の、「私」が「ママ」の夢をみるところだが、この独特の感じ方、表現にひかれて、作品の中にすっと引き込まれた。

「私」ちひろは、大好きなママを亡くし、ひとりぼっちになった。壁画専門の売れない画家だったが、幼児教室の庭に壁画を描く、大きな仕事が入った。子供たちとのふれあいも含め、大事な仕事として打ち込む。

風変わりなやせた青年、中島くんがちひろのアパートに来て、一緒に住むようになった。大学院で染色体の研究をしている。ちひろは中島くんといると、「じわっとあたたかい気持ち」になり、弱々しいけれど、「死ぬことをこわがってないような」「凄み」を感じ、過去に大変なことがあり、心に深い傷を負った人だと感じる。

ちひろが、中島くんの過去を知ったのは、「みずうみ」のほとりの小さな家をたずね、そこに住む兄、妹にあってからだ。中島くんは十歳の頃誘拐され、山奥に連れていかれた。非人道的な行動をする団体だった。薬物もつかってマインドコントロールをされた。母の必死の捜索もあり、脱走して助けられた。その団体で親しくしていたのが、この二人だった。

粗末だけれど清潔な一軒家で、「目が覚めるほどおいしい」紅茶をごちそうになり、ちひろは、彼らを、土台のところでゆがんで、ゆがめられて、いるが、普通に街で暮らしている人がとうに捨ててしまった上品さや、つつましさを失っていない人、基本的に人間のいいところを持った人たちだ、と思う。

当日の参加者から「非現実的な小説だ」「若い人の読む小説で、作品に入りこめなかった」といった批判が出されたが、私には、読みながら日々のくらしを感じ直したり、考えたりすることの多い、おもしろい作品だった。

『少女七竈と七人の可愛そうな大人』

少女七竈は、ひんやりした小さな町、旭川郊外で、「いんらん」な母親から生まれた。「異形」の、人の目をそばだたせる美しい少女だ。昭和の最後の年に生まれ、十七歳になった。まず「七竈」という名前にひかれた。北国、赤い実、その実は固い。「燃えづらい」「竈の中で七日間燃えつづけて、よい炭になる」この名前を背負った少女といえる。

この物語は、母親川村優奈の語り、「辻斬りのように男遊びがしたいな」ではじまり、七竈自身も含めて、次々に人を変えて語らせることで、少女の全体像、十七歳から十八歳の心の葛藤、があきらかになってくる。犬にも語らせている。母は「旅人」だが、祖父に育てられ、うわついたところのない「朴訥」な少女だ。

しかし、町を歩くと、母の風評で男たちにじろじろ眺めまわされる。肩身がせまい。中学生になるころから、「背がのび、手足が細く長く、肌は白く、黒目がちの瞳はぱっちりして睫毛は長く」美しくなりすぎると、まわりがざわついてくる。学校の廊下を歩くと、男子生徒が手をたたく。ファンクラブが出来る。都会からスカウトの人が来る。

七竈には幼馴染みの桂雪風という親しい友がいる。同じ歳の、美しい少年だ。「朴訥」でもある。二人は鉄道が好きで、小遣いで模型を一つ二つと買い、七竈が祖父と住む古い一軒家の居間いっぱいに鉄道模型を並べる。ここには狭い町の息苦しさはない。二人の世界がある。

雪風が風邪をひいた日、仕事にいく母親から見舞ってくれ、とたのまれた七竈は、放課後雪風の家、公団住宅の3DKに行く。あまり働かない美貌の父親と弟妹たちがいて、部屋の隅に、雪風が布団をしいて、目を閉じていた。

「雪風。雪風」

わたしはなんども声に出して呼んだ。そのたびに雪風は、

「うん、うん」

と、返事をした。

「カシオペアα号も買おう、雪風」

「うん。うん」

「もっとすごい鉄道模型にしますよ、雪風」

「うんうん」

「ずうっといっしょにいよう。雪風」

「……」


七竈は、雪風が返事をしないことで胸が痛む。目を閉じている雪風の美しさに打たれ、あらためて雪風が美しい異性なのだと感じる。二人は、母の違う兄妹であることがすこしずつ明らかになってくるが、このとき、雪風だけがそのことに気づいていたのだろう。

高校三年、二人はそれぞれ受験勉強に打ち込む。七竈は、東京の国立大学への進学を志

し、合格した。家に帰っていた母親に、長い髪を切ってもらう。「おかあさん、あなたのことを生涯ゆるせない気がするのです」「この生き方、娘にゆるされなかったら、ざまあないわ」と、お互いの思いをぶつけながら、黒い髪はじょきじょきと切り落とされ、男の子のように短くなった。

七竈は、コートを着て、いつものように犬を連れ、散歩に出た。冷たい、うすぐらい日だった。雪も舞っていた。うつむいてやってくる若い男とすれ違って、ふっと振りむいて、雪風だとわかった。雪風も七竈を見ていた。数ヵ月会っていない間に、雪風は背も伸び、少年ではなく、大人の男の体格になっていた。二人は近づいて、前のように名前を呼び合った。雪風はその日が北大の合格発表の日で、合格したことを言おうと、川村家に向かっていたところだった。

二人の会話を抜き書きすると、

「七竈、これでほんとうに、お別れだね」
「髪を切って、そしたらそんなにぼくに似てしまうなんて。もう、いっしょにいられるわけがない」

「母をゆるさないことだけが、わたしの純情です。雪風」
「そんなら、ぼくは父をゆるさないことにする」

二人は、「七竈」「雪風」とお互いの名前をいつまでも呼び合ってから、右と左にわかれた。同じ世界に生きていた七竈と雪風の、ほんとうの別れだった。それぞれの「少女」「少年」とのわかれでもある。

昔も今も、私はこんなに美しい少女を見たこともないし、「わたし、川村七竈十七歳はたいへん遺憾ながら、美しく生まれてしまった」ではじまる七竈の語りに、違和感をもって読みはじめたが、読みすすむうちに、自分の美しさに無頓着な七竈の美しさにひきこまれて、少女七竈の怒りやかなしみに寄り添って読んできた。それは、七竈が、現代の少女というより、古風な、「少女」本来の気品、清潔感、りりしさをもち、「朴訥」な少女だからなのだと思う。

島田雅彦『ミス・サハラを探して』

一月十一日、九時四十分に公民館を出たら外は寒い。よく晴れた日の夜の、乾いた冷たさだ。駅前に客待ちの車が並んでいる。一番前の車に乗った。十分もあれば帰り着く。ほっとして座席に深く掛け直した。

昨、〇六年五月から月一度出席した〈文学講座〉「戦後文学を読む1」の最後の日だ。ともかく、休まずに出られてよかった、と自分にいってみる。この講座に出なければ読まなかった本、読み直さない本を読んだ。長く続いている講座にはじめて出ることで緊張したが、一年が終って、来年度はもうすこし楽な気持で出られるだろう。

住いのまわりが薄暗いので夜の講座は無理かとためらっていたが、明るいうちに家を出て、外で軽食をとって時間を潰し、七時半に公民館へ行き、タクシーを拾って帰ることを思い付いて続いた。月に一度、どの店に入ろうかと迷い、初めての店の扉をこわごわ開けるのもおもしろいことではあった。

今夜、〇六年度最後に取り上げられたのは、島田雅彦『ミス・サハラを探して』だった。一九六一年生れの若い作家の作品で、私は、この講座に出席するためにはじめて読んだ。講談社文芸文庫『戦後短篇小説再発見7　故郷と異郷の幻影』の最後に置かれた、一九九七年一〇月『群像』に載った、三三ページという短い作品だ。

出席は前回、田宮虎彦『落城』『霧の中』のときよりすくなくて二十人、うち男性八人、職員の司会で、いつものように出席者全員が読後感を述べあうことからはじまった。講師は曾根博義先生だった。

冒頭の太い字で書かれた「私はユリシーズという……」に虞をなしたが、読みすすむうちに、乾いた文体で、読みやすいおもしろい作品だと思った。

郊外で怠惰に暮している物書きの〈私〉がチュニジア政府観光局から仕事の依頼を受ける。「ペンで日本人をチュニジアに誘惑してほしい」というのだ。もしかしたらユリシーズの部下たちのように帰れなくなるのでは、と十五分間迷ったが、「怠惰でいられるところなら私は何処へでも行く」と、地中海のリゾート地へ出かける。案内人ホラ吹きゴーシュ、運転手シュクリと共に、砂漠のオアシスからオアシスへと旅を続ける。ゴーシュが名づけた美少女「ミス・サハラ」に出会うが、そのまま旅を続ける。

〈私〉はなにを探して旅をしているのか。曾根先生の指摘された「私はユリシーズという……男が嫌いだ」を大事にして読むと、〈私〉もユリシーズと同じように故郷に帰りたい。自分の帰るべきところ故郷を探している。住んでいる極東の島、日本の郊外が故郷とはいえない。砂漠にいるのは遊牧民でここも故郷ではない。だから、魔女の誘惑にも負けず、甘い蓮の実を食べすぎることもなく、ボロボロになっても故郷に帰ったユリシーズがきらいなのだ。

この砂漠で出会った男に、十年後の自分を見る。

――あんたは何処の砂漠から来た？

私は砂漠から来たんじゃなくて、極東の島から来たんだと伝えた。すると、詩人はラクダそっくりの目で私を見据え、「あんたは昔、砂漠に住んでいたのだ。だから、時々砂漠に戻って来たくなるのだ」といった。

なぜ、私が？　詩人は私には見えない何かを見抜いているようだった。

突然、ゴーシュが私の肩を揺すった。テントの陰でラクダの肉を焼いていた男が焚き火のそばにやってきた。ゴーシュが私にいった。

――あの男はあなたにそっくりだ。

私が顔を上げると、目の前に無精髭を生やし、やつれた顔で微笑む十年後の私が立っている。

「異郷」の地サハラ砂漠は〈私〉の「故郷」に近いところではある。しかし〈私〉は「故郷」を探して旅を続ける。それは、自分の根っこ、自分の拠りどころを探していることでもあるのだろう。

この、〈私〉の帰るべきところはどこか、〈私〉は何者か、は根源的な問いだ。が、〈私〉が真剣に悩んでいるとは読めないし、読む者に深く問い質すものでもない。それでも私は、読み終って一ヵ月以上経つのに『ミス・サハラを探して』から離れられないでいる。いくつかの場面、情景が私のなかから消えないのだ。根本的なところで衝撃を受けたり、内面に深く入ってきたという作品ではないが、おもしろく読みやすいだけでなく、私の身体のなかに染み込んで出ていかないところのある作品といえるのだろうか。

二、三日前の午後、大学通りを歩いていたら、急に強い風を受けた。「あ、砂嵐」と、顔を被い、屈もうとして、唯の風だと気がついた。両手に荷物を下げた女の人や、風に逆らって自転車を漕ぐ人の通るいつもの道だった。左手には桜や銀杏の裸木が並んでいる。〈私〉が砂漠の町で「手痛い歓迎」を受けた「砂嵐」の感触が残っていたようだ。「視界は二メートル」「砂嵐は道を消してしまう」とあって、細かい描写はないのに、どこまでも続く砂漠、渦巻く風、人間の力で抗うことの出来ない自然の暴威を砂が顔に、身体に当る痛さで感じて読んだのを想い出した。

次の日の夕方、喫茶店の好きな場所に落ち着いた。入口に近い一人の席で、左手に小さな窓がある。窓ガラスに映る店内のランプの灯をぼんやり見ていたら、オアシスのカフェで何時間もやり過ごす砂漠の男たちがあらわれた。〈私〉は「彼らは人形なのではないか、放っておけば、そのまま砂に埋もれて風化するのではないか」と思い、〈私〉の「怠惰」とは異質のもので、〈私〉は、何もしないことや放心状態を恐れていることに気付く。

角田光代『八日目の蝉』

「ドアノブをつかむ。氷を握ったように冷たい。その冷たさが、もう後戻りできないと告げているみたいに思えた。」

希和子は、平日の朝、妻は夫を、駅まで車で送っていく。その十五、二十分の間、赤ん坊を置いて鍵をかけずに出ることを知っている。その間に静かに眠っている、あの人の赤ん坊を見るだけで部屋を出るつもりだった。一目見れば、あきらめがつくだろうと思っていた。

赤ん坊は顔を赤くして泣いている。希和子が背に手のひらを入れ抱き上げようとすると、希和子を見て、笑った。赤ん坊を胸に抱いた。「ほわほわした頭髪に顔をうずめ、思いきり息を吸いこむ」赤ん坊を離せなくなる。やわらかくもろいけれど強い。湿ってあたたかい手、澄んだ瞳。希和子は何も考えられなくなり、私があなたをまもる、とつぶやいて、赤ん坊を抱いて走る。

冒頭「○章」の四頁を読んで作品の中にひきこまれた。希和子に寄り添い、早く走って、逃げて、逃げて、と次の「一章」をどきどきしながら読む。希和子は赤ん坊に「薫」という名前をつける。「薫、薫ちゃん」と呼んでみる。一九八五年二月三日から十七日までの二週間をまずは逃げ延びる。捜査の目が、はじめ希和子に向けられてはいなかったことも大きい。何人もの女の人に助けられた。

古びた薬局のエプロンをつけたおばさんは、ミルクを作って飲ませてくれ、作り方や飲ませ方を教えてくれる。その日は、学校のときの友だち康枝が夫と娘と住むマンションに泊めてもらう。三日目の明け方、薫が声をふりしぼって泣き続け、康枝を起こしてしまう。これ以上迷惑はかけられないと、康枝のマンションを出る。

名古屋へ行く。夕暮れ、公園のベンチで不思議な風貌の女に「あんた帰るとこないの」と声をかけられ、その女の家へ行く。生活の匂いのない家だが、離乳食をつくって薫に食べさせ、風呂にも入れる。薫はおすわりが出来るようになり、歯も生えはじめる。しかし、立ち退きの迫った家にいる危険を感じ、逃げ出す。

次に希和子が逃げこんだのは、「エンゼルホーム」だった。公園で、水や無農薬野菜を売りに来ていた女の人にたのんで、白いバンに乗せてもらった。途中で茶髪の久美も乗せて、バンは山道を延々と走る。バンの中で久美が読んでいた新聞から、自分が指名手配されていることを知る。

久美の持っていた新聞、雑誌は、窓から捨てさせられた。エンゼルホームは、新聞や雑誌、世間のニュースの入り込まない、山奥の女だけの集団だった。希和子は、ここに入る以外に薫と生きられるところはないと、父の遺産と、自分の貯金の残り四千万弱、すべてを手放して、ホームのメンバーになった。

日中、薫は「スクール」に預けさせられる。希和子は、その日ごとに割り当てられた「ワーク」ホームの掃除やメンバーの食事づくり、野菜の収穫などの仕事をし、薫は夜、希和子に返された。薫がハイハイをしたときにはそばにいた。よだれを垂らしながら懸命に希和子に向かって這ってきた薫を、すべてを捨てて手に入れた小さな命を、抱き上げた。しかし、はじめて立ち上がる瞬間も、言葉をしゃべるところも、スクールのワーク係に聞かされた。それは、さみしいことだった。

ホームも安全な場所ではなくなった。娘を返してくれ、財産を返せ、という声が大きくなり、マスコミが乗り出し、行政の介入が迫った。希和子は二年半いたホームから逃げ出す。塀を乗り越え、裏門を開け、薫をおんぶして暗い山道を走る。岡山港から小豆島へ向かった。小豆島は久美の実家のあるところだ。逃げ出すとき、久美が小さな紙切れを握らせてくれた。久美の実家の住所と、行くことがあったら、久美は元気だと伝えてくれ、と書いてあった。この紙切れにすがる以外、行くあてはなかった。

久美の実家は、バス停前の素麵屋だった。母親は、音信不通の娘の友だちの出現に、はじめは声も出なかった。希和子はこの店で働けることになった。この店で宮本京子という名前で働いた一年半は、穏やかで満たされた、掛け替えのない日々となった。いつ捕えられて、薫と引き離されるか、という緊迫感を忘れることもあった。

この作品は、〇章、一章、二章からなり、〇章から最後まで作品の中に入り込んで読んだが、読み終って忘れられないのは、一章の後半、小豆島での生活だ。希和子の、薫と一緒にいられる一瞬、一日にすべてをかけて、精一杯生きる姿に惹きつけられた。小豆島の風物、海や緑、久美の母親に守られてもいた。希和子が働いているとき、薫は、店の内や外で近所の友だちと遊んだ。薫は三歳から四歳になる。

仕事がすむと、希和子は薫を連れて寺へ行った。手をつないで、話をしながら山道をゆっくり登る。子育て観音像では、この子と、一日でも長くいっしょにいられるように、と頭を垂れた。「同行二人」のお札の意味を、希和子は「弘法大師と二人」ではなく、薫と二人きりで、ほかの人のいない道を歩いてる、と思ってしまう。そして、どんなに幸せな道でも、薫と会えない道は、これからも選ばない。幸も不幸も、罪も罰も関係なく、その先に薫がいる道を何度でも選んだだろう、とも思う。

一九八八年九月十九日に、希和子は捕えられ、薫と引き離された。アマチュアカメラマンが写した、希和子と薫の一枚の写真が全国紙に載って逮捕につながった。それは「虫おくり」という行事に参加したときの写真だった。夕闇に、燃えている灯明の火が、川をゆっくりと流れる、希和子がこの世でないところに来たような心持になった夜だった。

九月十二日、希和子は写真が全国紙に載ったのを見たが、「どこにも行かない」と背中をふるわせて泣く小さな娘を見て、ぎりぎりまで動かないことにした。九月十五日、写真館に行って、薫を膝に抱いた写真を撮ってもらう。「これからの私のお守りになる」写真だったが、十九日には間に合わなかった。

二人が引き離されたときのことは、薫、父母のところに戻された秋山恵理奈の記憶で書かれている。――そのとき憶えているのは、ずっと静かだったあの人が大声で叫びだしたことだけ。大勢の人にかこまれて船に乗り、白い車に乗る。知っているものすべて、においも色も消えてしまったこわさに泣くこともできなかった。

希和子が刑事たちに向かって大声で叫んだのは、「その子は朝ごはんをまだ食べていないの」だった。――

二年間の裁判の最後、裁判官に「具体的に謝罪したいことがあるか」と問われて、「謝罪」ではなく、「四年間、子育てという喜びを味わわせてもらったことを、秋山さんに感謝したい気持ちです」と述べている。希和子に懲役八年の判決が言い渡された。

大学生になった恵理菜は、希和子との暮らしの跡を辿る旅に出る。エンゼルホームで一緒に育ち、誘拐事件を本にしたいという千早に誘われ、励まされての旅でもあった。瀬戸内海、小豆島。記憶の底、心の奥にあった風景に出あう。色と匂い、光がいっぺんに押し寄せてくる。自分の戻りたかったのはこの風景での希和子との生活だったのだ、あの生活を手放したくなかったのだ、と気がつく。「悪い女、希和子」と教えられ、憎んできたし、父や母にも心を閉ざしてきた。その気持が自然に溶けていくようだ。「薫、だいじょうぶ、こわくない」希和子の声がきこえてくる。

「薫、薫ちゃん」と呼ぶ希和子の声が、私のながにも深く入ってきて、出ていかない。

丸谷才一『輝く日の宮』

「『輝く日の宮』は源氏物語を中心に据えながら、この一千年の日本文学史を扱う」「人間の時間という不思議なものの構造と肌触り、歴史とか夢とかによって裏打ちされている時間の感触…を捉える物語を書きたかった」

丸谷才一が大仏次郎賞を受賞したときに自作について語ったもので、（朝日新聞二〇〇四年一月二十一日）私はこれを読んで重厚でとっつきにくい小説かと読み出した。講談社文庫で四七二ページ、〇章から七章まで章ごとに文体が変る長編小説だ。途中で引き込まれ、『源氏物語』に幻の「輝く日の宮」の巻があったとしての謎を追う、国文学研究者杉安佐子の推理、推測を重ねて追及していくところ、夢中になってよみふける。

主人公杉安佐子は母校の女子大学に勤める十九世紀日本文学が専門の研究者で、『源氏物語』にもとは光源氏と藤壺の最初のことを書いた「輝く日の宮」という巻があったのに、なくなった、と考えている。「つまりあたしは『源氏』という傑作の急所のところにあるブランクを手がかりにして何かを研究しようとしてゐる」この目のつけどころ、研究のしかたに興味をもった。

この物語は三十歳になったばかりの安佐子の、三十代後半にかけての恋の物語でもある。相手は、長良豊、水のアクア（一部上場企業）に勤めている。出会ったのはイタリアの空港、長良は商用でロンドンへ行くところだった。その日はローマに宿をとり、長良のゆきつけの料理屋へ行った。長良は、「雑学とユーモアが上手にまじった」水の話を次ぎ次ぎにした。安佐子はおもしろくきいて、「彼の語る水のイメージはみな何となくエロチックな比喩として感じられた」宿に帰って一夜を共にした。つぎの朝、安佐子は二人のことはこれっきりにしたい、と言う「こんなしあはせ、ただ一夜かぎりにしないと、かへって辛いことになりさう」と。

年が明けて、二人は京都ゆきの新幹線で出会う。安佐子は学会出席のためだが、長良と夕食の約束をしてから、その前に平安京の内裏のあったところ、藤壺のあとを歩きたいと言う。藤壺を知らない、長い小説は『宮本武蔵』しか読んだことがない、という長良に簡単に解説をする。

母桐壺の更衣を幼いときに亡くした皇子、後の光源氏は、父帝の庇護の下に、宮中で育った。帝は日中女の人の部屋へ幼い皇子を連れていった。お后たちも後宮のルールを破って皇子から身を隠さない。光源氏は元服後、母によく似ているという藤壺の宮への思慕が押さえきれず、父の妃である藤壺の宮とひそかに関係する。それは二回あったが、一回目のときのことは何も書いてなくて、二回目のことが書かれている。長良「をかしいね。普通なら最初のときのことを、詳しく…」もとは書いてあった巻がなくなったという説もあり、安佐子は前から興味をもっていた。

京都での出会いのあと、長良が安佐子のマンションに週に一回ほど泊まりにゆくという間柄になった。夕食をはさんでの二人の対話、おしゃべりがおもしろい。長良は自分の興味もあったが安佐子と話をするために『源氏物語』を読みはじめていた。

四章で安佐子は「日本の幽霊」シンポジウムに、パネリストの一人として出た。途中で幽霊の話が『源氏物語』論になった。安佐子が「桐壺」と「帚木」の間に「輝く日の宮」の巻があったと主張して、『源氏』学者の大河原篤子と激しく対立した。大河原篤子は、安佐子が中学生のときに書いた、極左の青年と女子高校生の恋愛小説のことを持ち出し、安佐子の方法は実証的ではないから、論文を書くより小説の形で書く方がいいと提案して、会は混乱のうちに閉会した。

長良は出張先のロサンジェルスから成田に着いて、社長が急死したことを知らされた。その夜、密葬の黒いネクタイをつけて安佐子のマンションへ行った。安佐子がシンポジウムのこと、大手雑誌の編集長から「輝く日の宮」の巻を復元する小説を書け、といわれていることを話すと、ぜひ書くようにすすめる。「おめでたう。お母さんが、この子は推理作家になるつて言つてた予言、的中するわけぢやないか」「推理ぢやないの」「似たやうなものだよ」二人の会話は、紫式部の父為時の仕官をめぐる話、道長にとりいったであろうこと、その贈り物のこと、と続いた。

長良は、六人抜きで水のアクアの社長に決った。条件は一年以内に結婚することだった。申し込まれた安佐子は、じっくり考えてから断わる。自分の研究と、パーティ出席や外国の社長夫人の接待と、両立するとは思えなかった。

安佐子は「輝く日の宮」の巻があったはずなのに除かれたのはなぜか、道長に勧められ、紫式部も納得して捨てた、と考えているが、手書きの年表を読み直し、順を追って推測してゆく。

父為時を通して道長に献じた、はじめの数巻は「桐壺」「輝く日の宮」「若紫」「紅葉賀」「花宴」「葵」の六巻であったと思う。道長は今まで読んだことのない物語に驚き、感銘を受けたが、しばらく、大事をとって何も言わなかった。そして激賞した。物語の魅力に逆らえなかった。『蜻蛉日記』が参考になると渡し、宮仕えさせることを思いつく。女、一条天皇の中宮彰子のまわりに才能のある女房をあつめていた。紫式部が出仕して、道長は雇主となり、『源氏物語』を流布させ、貴重な紙の提供者ともなった。読者であり批評家であった。

道長と紫式部が親しい間柄になって、寝物語にさまざまなことが話題になった。紫式部の「巻が一つ除いた形で出まはつてをりますのでびつくりしました」に、道長ははっきり答えないで、自分の若いころの思い出話をする。紫式部は耳を澄まして聴く。話はおもしろく、裏打ちされた現実感の強さに驚かされた。自分は理想の貴公子を描こうとして、このむごさ、小説的な勘どころを押えて書いていなかった、と感じた。

そして、紫式部が「輝く日の宮」を除いたわけを思い切って訊ねたことがあったに違いないと考える。道長は、「少女」を具体的な例をあげてほめてから「あそこは瑕瑾だな。抜いたほうがいいと思つて、さうした」「除くことによつてかへつて余情が出る」と言う。

草稿は、紫式部も納得して、火にくべて燃やした。

安佐子にとつぜん、千年前の男と女の対話が聞こえてきた。本文から抜き書きをする。

女　もしや、お若いころ、貴い身分の方を犯し奉つたことがおありではございませんか？

男　なるほど、それで「輝く日の宮」を削らせたと邪推なさつたわけか。そんなことのせいで、「輝く日の宮」を除いたのではなく、あくまでもあの物語のためを思つて取り去つたのだといふこと。その理由は大きく分けると二つありました。

女　一つは深手(ふかで)を擦り傷や掠(かすり)傷に見せかけるために。さらにもう一つは余白の効果によつてかへつて味を濃くし、趣を深めるために……

男　この国のつづく限り、人々は「輝く日の宮」の巻の不思議を解かうと努めることでせう。惣じて、ものを読む人の心とはさういふものではありませんか。

最後の七章は、紫式部が晩年に書いたであろう「輝く日の宮」の巻を、安佐子が復元した小説だ。○章は、中学生の安佐子の書いた小説である。

黒田夏子『ab さんご』

『ab さんご』は一四八回、平成二十四年度下半期の芥川賞を受賞した。黒田夏子七五歳の受賞で、話題になった。「受賞のことば」の最後は、「生きているうちに見つけてくださいまして、ほんとうにありがとうございました。」だった（『文藝春秋』二〇一三年三月号）。

「aというがっこうとbというがっこうのどちらにいくのかと、会うおとなたちのくちぐちにきいた百にちほどがあったが、きかれた小児はちょうどその町を離れていくところだったから、aにもbにもついにむえんだった。その、まよわれることのなかった道の枝を、半せいきしてゆめの中で示されなおした者は、見あげたことのなかったてんじょう、ふんだことのなかったゆか、出あわなかった小児たちのかおのないかおを見さだめようとして、少しあせり、それからとてもくつろいだ。そこからぜんぶをやりなおせるとかんじることのこのうえない軽さのうちへ、どちらでもないべつの町の初等教育からたどりはじめた長い日月のはてにたゆたい目ざめた者に、みゃくらくもなくあふれよせる野生の小禽たちのよびかわしがある。」ではじまる、横書き、ひらがなの多い作品にとまどい、たどり読みをしたが、〈受像者〉〈しるべ〉〈窓の木〉と読みすすむうちにひきこまれた。徹底的に推敲した文章であり、ゆっくり、くり返し読むことを読者に強いているのだと思われた。「ゆめの受像者」の回想という形で語られていて、時系列にしばられない回想である。読み終わって、失われた古い庭の家、二度とかえってこない、父と子との濃密な時間への愛惜の思いが迫ってくる。

語り手「ゆめの受像者」は、四歳のときに片親（母）を亡くし、三十八年経って父を失う。語り手に、しばらく父と子とのくらしがある。片親は学者で、戦争末期蔵書を戦火から守ることに心をくだき、小さな家に引っ越しても書庫、書斎はなくてはならないものだった。戦争末期、戦後の不自由なくらしのなかで、小児が読んだり書いたりするおなじ卓で、片親も読んだり書いたりされることもあった。それぞれが自分のしていることに熱中し、「じゃまでもきゅうくつでもなかった。」

親子二人、片親と語り手の静かな生活が変えられたのは、「新しい家事がかり」が来てからだ。その日の夕食の卓に三人分の皿が並べられた。二人は顔を見合わせたが、初回だけと、そのままにした。三人で卓をかこむことは、ずっと続けられた。親子二人で向かい合う「愛戯のひとつである」食卓は永久に喪われた。このとき、語り手十五歳、片親五十三歳、「家事がかり」二十七歳だった。

父と子のくらしは、戦争中もその後も住み込みの使用人たちの気くばりで支えられてきたが、戦後数年経って、住み込みの使用人を探すことがむずかしくなっていた。「新しい家事がかり」も間に立つ人がいてやっと見つかったのだった。語り手十五歳は家事がかりの「ことばつき目つき手つきのすべて」きらいで自然に親しめる相手ではないとすぐにわかったが、どんな相手でも「いごこちが悪すぎないよう」にしようと、したしそうに話しかける演技をした。片親も同じような演技をしたのだろう。それがどこまで本心か、親も子も相手のことがわからなくなっていった。

「外来者」である「家事専従者」が家のなかの仕来りや物を変えていった。「やといぬしはおもわずあとじさっ」て、異をさしはさむことはなかった。共用の座敷に父子は布団を並べて寝ていたが、そこには「巻き貝状の書斎のぬし」だけの布団が敷かれ、十七歳になった語り手は机と寝床だけの小さな一室に押し込められた。家事がかりが家全体の家事がかりではなく「かせぎ手のせわをするかかり」という方向を示したものでもあった。

蚊を防ぐための蚊帳〈やわらかい檻〉は、廃止された。家事がかりは、古びてよごれていること、あつかいの大変さを言いたてた。「寝どこ二つがちょうどおさまる大きさで四すみをひもでつられた。ぶどうからくさの浮き彫られたきんいろの吊り輪がさすらいの踊り手の足かざりのように鳴るのは、まだ涼しいもう涼しいという朝夕のよろこびだった。」小児は眠るのにまのある時間から中に入って本を読んだり、やわらかい天井に「つまさきをさわらせようとしたりする。」片親も早くから本や筆記具を持って入ってくることもあり、まぎれこんだ蚊を二人で追いつめるのも遊びのようだった。「小虫にさされないですむというじっさいの倍もあんしんして、親子ともほとんどじゃれてしまうのだった

地位も収入もある五十四歳の片親が海外へ旅立つ日、「さしまわされてきた大型車がとめてあるあき地まで、旅立つ者をまんなかに手をつないでいこうと」二十九歳の家事がかりが言いたて片親と手をつないだ。十七歳の子は手をつながなかった。運転者、出国まで同道する仕事上の見おくり人は「家事がかり」に丁重にあいさつし、子のほうの顔もみなかった。家事がかりが「やといぬしを、好きになってしまった、きょうは手をにぎってしまった」と子に告げたことがあったが、子は「空談」として聞いていたのだった。

「家事専従者」によって裏木戸がとりつけられ、洗面台や物干しも新しくなり、「あちこちに安ものの日よけが掛けめぐらされ」家うちが「仮寓のすがすがしさをうしない」卑しいものになった。父と子、どちらもまったくのぞんでいない暗い買いものが、「金銭分配人」になっていた同居人によって、つぎつぎにされた。草が生い茂るままにされていた庭は、同居人によって「草ごろし人が呼び入れられ、庭はやがてあるとわかっているものしかない庭となった。そして断じてその庭のようになりたくない者は出て行った。」

子が家を出て二十年後、片親が「死病者」となった入院先で二人だけになった数時間があった。子は、「なかばねむっている衰弱者を疲れさせないようにすこし離れてすわっていた」『あるかとふいに衰弱者がきいた。」子が連絡のために小銭をたしかめる音が聞こえたようだ。子はさりげなく「ある」と答えた。金銭いっぱんのようなききかただったが、片親は財布を持っていないのだった。

子は家を出てから、父の勤務先へ会いに行くこともしなかった。自分のしたいことに時間をたっぷりとろうとして、安定した仕事を持たなかった。「ふうがわりにくずした身なりや布製の靴」でしのいできたが、その前の「家事がかり」が来てからの六年半にくらべれば「ずっとさわやかな窮乏」だとかんじられた。「親の死の儀礼につらなる身だしなみ」

も、親から残されるものが、こじれてもすこしはあるだろうということでやっとかなう暮らしだった。親も「生きものとしての勘」で「生きていて手をかせることはないが、死んで手をかせる、死ぬことが贈りものになると衰弱者は死神のえがおを読んだようである。」「ゆめの受像者」の回想は、小児と「巻き貝のしんからにじりでた者」父との散歩の情景で終わっている。「松と花木の庭庭にやぶまじりの、人と行きあうことのまれな土地で」「道が岐れるところにくると、小児が目をつぶってこまのようにまわる。ぐうぜん止まったほうへ行こうというつもりなのだが、どちらへだかあいまいな向きのことも多く、ふたりでわらいもつれながらやりなおされる。目をとじた者にさまざまな匂いがあふれよせた。ａの道からもｂの道からもあふれよせた。」

（原文は、横書きで「、」は「，」、「。」は「．」です）

エヴァ・バロンスキー『マグノリアの眠り』

エヴァ・バロンスキーについて何も知らずに『マグノリアの眠り』（二〇一三年、松永美穂訳、岩波書店）を読んだ。読み終わって、巻末の訳者あとがきで、彼女が一九六八年西ドイツに生まれ、大学ではインテリアデザインとマーケティングを勉強し、さまざまな職業に従事してきて、小説はこれが二作目、日本に紹介された初めての小説だということがわかった。

高齢のヴィルヘルミーネのところに、ロシアから若い娘が介護のためにやってくる。ヴィルヘルミーネはこの娘がロシア語で話しているのを聞いたとき、「出てけ！」とこの娘に介護されることを拒否する。ヴィルヘルミーネには第二次大戦の爪痕が深い。二人の息詰まるやりとり、心理戦のなかで、今まで誰にも話すことのなかった六十年前の記憶があきらかにされる。

二〇〇三年、フランクフルト。ヴィルヘルミーネ九十一歳、郊外の庭のある家に、一人で住んでいる。今は背骨が折れて寝たきり、食べることもトイレも人手がいる。寝たきりになったのは、庭の手入れをしていて、梯子から落ちたからで、それまでは、家事も一人でこなしていた。朝早く起きて、茶を飲み、本を読む時間をだいじにして暮らしてきた。

イェリザヴェータ（リザ）二十三歳が住み込みの介護のために、ロシアから来た。

「こんにちは。私リザです。到着したときには、まだ眠っておられたので」

「ああ、あなたが……介護の人ね」

「（略）コーヒーかお茶をお飲みになりますか？」

「ええ、喜んで。面倒でなければ。どうもありがとう。わたし、コーヒーは飲めないの。心臓に悪いから」

これが、二人のはじめての会話で、イェリザヴェータは、老人にはめずらしく不平不満を口にしないタイプ、気持ちよく介護が出来そうだとほっとする。ヴィルヘルミーネも「この娘（こ）は絶対にドイツ人ではない。訛がある」と思いながら、よく気がつく可愛い娘だと、お互いに好意をもつ。

一本の電話で事態が変わる。イェリザヴェータがロシア語で話しているのをヴィルヘルミーネミーネがきいたのだ。ヴィルヘルミーネがとっくに忘れた、人を刺すような言葉をしゃべっている。いままで何十年ものあいだ自分を隠してくれていたカーテンが、真っ二つに裂けたような気がした。顎が震え始め、自然に「出てけ」という言葉が口から出、嗄れ声で「出てけ！」とくり返した。イェリザヴェータに殴りかかり、トイレットペーパーのロールを投げ、水の入ったグラスを投げつけた。何が起こったのかわけのわからないリザも、ロシア語で「もう、おまえなんかくたばれ！」と叫び、部屋をでていく。

簡易便器に掛けたままのヴィルヘルミーネに、昔の記憶が蘇える。大砲の音も止んだ静かななかをどんどん歩いてくりかえしあの子を呼ぶ。もちろん返事はない。もう、誰もいなくなってしまったのだ。

ヴィルヘルミーネの唯一の親族、亡夫の甥夫婦ヒューブナー夫妻は、リザにすべてをまかせて、暖かいところへ旅行にでかけた。

リザが部屋に入ってくると、ヴィルヘルミーネは、くるっと壁の方を向いたが、リザの持ってきた食事、チーズを載せたパンは食べ、ロシアの卵料理はマットの上に落とした。粥を、「ロシアのゴミ！」と言って押しやった。粥は、床に落ちた。娘は「ブリャーチ！（あばずれ）」と、舌打ちし、ヴィルヘルミーネを見つめて「悪い鬼婆！」と言った。ヴィルヘルミーネは、喉が苦しくなり、空気を求めてあえいだ。まるで、娘の視線が自分の体のなかまで食いこんでくるような気がした。しばらく血がどくどくと、恐怖をかきたてるように馴染みのないリズムで流れていた。

夜、リザは、ヴィルヘルミーネの叫び声を聞いて、二階へ行った。「ギゼラ」と息をはきだすように言うのを聞いた。その後数日、老婦人の世話は死人の世話をするようなものだった。リザが部屋に入ると顔を背けされるがままになっている。食べ物は拒否する。夜は、老婦人の叫び声で起こされた。追い詰められたような必死の叫び声が何度も聞こえた。水だけは飲ませようと、「飲んで」と吸い飲みを差し出した。自分の声がどんどんやさしくなっていくのに気づかずにいる。

リザは、ギゼラが誰なのか想像した。リザにも祖母、母と、戦争の爪跡があった。祖母は、村の人の見ている前でドイツ兵に強姦され、生まれたのが母だった。母はいつも黒い服を着ておびえていた。老婦人も、敵兵、ロシア人に強姦され、生まれたギゼラを手放したのではないか。

「ロシア人だって、何も恥ずかしいことないじゃない。ちゃんと考えなよ！」

「そう、うちのおばあちゃんは、少なくとも子どもを育てたよ。たとえドイツ人の子どもでもね」

リザの何もわかっていない言葉、育てる、よそにやる、にヴィルヘルミーネは深く傷ついた。

「わたし……わたしが願ってしたことではなかったのよ。信じてちょうだい。ほんとうに、あの子と逝くつもりだった……」

と詰まりながら、話し始めた。何日も中断して、また話した。

ギゼラは、一九三〇年に結婚したヨーゼフ・ファーブナーとの間の一人娘だった。ヨーゼフは出征し、四一年ロシア人に撃ち殺された。ドイツの敗戦間際、ヴィルヘルミーネたちマンションの住人は全員地下室に避難し、身を寄せ合って、ロシア兵が攻めてくる恐怖におびえていた。男たちは殺され、女は強姦されて殺される、と喧伝されていた。

地下室には、男性が一人だけいた。年をとったツィーレンさんで口数が少なく、きっちりしていた。静かな水のような人だ。このひとが人間の尊厳について話した。全員が青い容器に入れた粉のまわりにすわっていて、一人また一人とうなずいたのだ。ギゼラは寝ていた。ギゼラは乳歯も生え変わらない幼い娘で、笑い、走り、じっとしていることのない活溌な子供だった。

その日、地下室にいた人は、全員毒を飲んだ。ヴィルヘルミーネはギゼラを起こし、震える手で飲ませた。ヴィルヘルミーネは最後の一人になり、水がわずかしか残っていなくて「乾いた苦い粉を口に含み、唾を集めて飲み込んだ。ギゼラの頭を撫で、隣に横になり、しっかりと腕のなかに抱き締めた。」

ヴィルヘルミーネが目を覚ましたのは、隣の家の庭だった。マグノリアの木の下で。花を見たとき、「自分は天国にいるのかと思った。」一緒に逝くはずだったのに、ギゼラ一人が逝ってしまった。その苦しい胸のうちをヴィルヘルミーネはリザに、さまざまに話した。

あの子は……戦争だったのよ
わたしが……あの子を殺したのよ
ロシア兵が、来ることはわかっていた。死ぬことしか方法がなかった……
おばあちゃん（祖母）のところに預けておけば、生きられたのに
あの子は生き延びられたかもしれないのよ、強い子だった。でもわたしにはそれがわかっていなかった

あの子に選ばせてあげていたら……。幼かったけれど生きる方を選んだかもしれない

リザはヴィルヘルミーネのいうことを自分の祖母や母のことを想いうかべながら重く受けとめて聞いていた。「その子はきっと、あんたみたいに強かったんだろうね。何がどうなっていたか、人間にはけっしてわからないよ」「あんたのしたことは、正しかったのかもしれない」と言い、「老婦人が静かにいびきをかくのを聞いて、イェリザヴェータはふいに、徹夜した夜の疲れを痛みのように感じた。彼女はカーテンをそっと脇に寄せると、バルコニーのドアを開け、まだ冷たい朝の空気のなかに出ていった。」

小川洋子『ことり』

『ことり』は朝日新聞出版から二〇一二年に発行された長編小説で、本書は書き下ろしです（四〇〇字、四八七枚）。と註が付いている。

小鳥の小父さんが、死んだ時、遺体と遺品はそういう場合の決まりに則って手際よく処理された。つまり、死後幾日か経って発見された身寄りのない人の場合、ということだ。

冒頭のこの部分から、しばらく目が離せなかった。孤独死なのか。次の、死体に苦しんだ跡が見られないこと、ねむるように安らかに死んだと思われるというところを読んで、ほっとした。

小鳥の小父さん、というのは、幼稚園の園児たちから呼ばれた呼び名だった。近くの幼稚園の鳥小屋の世話を二十年近く、奉仕でしたことがあってのことだ。

この小鳥の小父さんとそのお兄さんの一生が書かれていて、静かに胸の奥に染み込んでくる作品だ。

二人は世のざわめきから少し離れ、小鳥の声にじっと耳を傾けた一生だった。世の中の名誉や体面、人の思惑を気にすることがなかった。

小鳥の小父さんが死んだのは、父、母と七つ年うえの兄と四人で暮らしてきた家でだった。母は病死し、その九年後に父は大学の定年を前に死んだ。急死だった。そのとき小父さん二十二歳、お兄さんは二十九歳、小父さんとお兄さん二人だけの暮らしが、二十三年あった。

小父さんは、家から自転車で十分ほどで通える、金属加工会社のゲストハウスの管理人として働いた。昼になるとサンドイッチを二人分買って家に帰る。

お兄さんは缶詰のスープを温めて待っている。二人は静かに昼食をとった。話題は午前中庭に現れた野鳥についてお兄さんがぽつぽつ話すくらいのことだった。昼食がすむと小父さんは、一時に間に合うようにゲストハウスへもどった。お兄さんは、食器を洗って、家で弟の帰りを待つ。お兄さんが外へ出るのは、水曜日に青空商店へ棒つきの飴、ポーポーを一本買いに行くのと、幼稚園の鳥小屋のフェンスから小鳥をみつめ、その声に耳を澄ますときだけだった。フェンスには「へこみ」が出来ていた。お兄さんが顔を当てたところだ。

お兄さんは、十一歳のころから普通の言葉を話さなくなった。「独創的で自由自在で愛らしい」言葉を話したが小父さん以外の人には通じなかった。弟の小父さんだけが理解でき、二人で会話もし、必要なときは通訳をした。

夜は二人でラジオを聴いて過ごした。

ラジオからどこか遠い国のおとぎ話が聞こえてくる。あるいは瀕死の恋人を抱きかかえて悲嘆に暮れる、プリマドンナのアリアが流れてくる。お兄さんは体の前で手を組み、自分の指先のあたりに視線を落とし、どんなささやかな音も聞き逃さないように息を殺している。お兄さんのすべてが耳になったかのように見える。その耳は音の前でひざまずいている。

この二人の夜に、小父さんもお兄さんも不足を感じることはなかった。台風の夜も、二人はラジオを聴いた。バイオリン協奏曲だった。雨と強い風が家中の窓ガラスを打ち鳴らし始めた。外がどんなに荒れ、遠くから地響きが追ってくるような轟音がしても、お兄さんは平静だった。

外の世界に惑わされることなく、リンゴを食べ、野鳥図鑑をめくった。小父さんが幼稚園の鳥小屋の小鳥たちのことを心配して「さぞかし怯えてるだろうね。彼ら、臆病だから」というと、「違う。臆病ではない。慎重なのだ」「今、小鳥たち、つぼ巣の中にいる」「絶対に騒がない。じっとしている」と、いう。じっと……。その一言がバイオリンの音色とともに小さく震えながら、小父さんの胸に染み込んできた。

お兄さんは、幼稚園の鳥小屋のフェンスのそばに倒れ、心臓麻痺で死んだ。五十二歳だった。凍りつくほどに冷え込んだ日の、午後遅くだった。園長先生が救急車を呼び、病院まで付き添ってくれた。

小父さんは、一人になってから鳥小屋の掃除をするようになった。園長先生にたのみ、こころよく聞きいれられた。鳥小屋を清潔にすることが、お兄さんの近くにいると感じられることだと思ったからだ。掃除道具を買い整え、園児たちの登園しない朝早くに行って掃除をした。朝一番の鳥の歌ごえをうつむいたまま聞き、「小鳥はお兄さんの言葉を運んでくれているのだ。だから弱い体でこんなに一生懸命歌うのだ」と思った。

お兄さんが死んで十五年近くゲストハウスの管理人を続け、鳥小屋の掃除に幼稚園へ通った。図書館へ本を借りに行くこともあった。公民館の二階の小さな分館だった。この分館の司書に淡い恋心をもった。小父さんが借りるのは鳥に関わりのある本ばかりだったが、司書は次にどんな本を選ぶのか関心を持っていた。しばらくしてこの司書は仕事を辞めて、いなくなった。臨時職員だった。司書がいなくなってから、小父さんは分館ではなく本館へ行って本を借りた。

五十代の半ばを過ぎてから、小父さんは頭痛がひどくなった。青空薬局で鎮痛剤と消炎作用のある湿布を買って凌いだ。ある日店主が、近くの女の子が老人に連れ去られ、いたずらされたらしい、という客たちの噂話をし、「用心するのよ。怪しい人だと思われないように」とつけ加えた。犯人は捕まったが、小父さんが自転車で通ると、「ことり」「子取り」と、ささやく声がした。幼稚園の鳥小屋の掃除は、新しい園長から断られた。裏門の扉には大きな鍵が掛けられた。定年後もゲストハウスの管理人として嘱託で働いていたが、辞めた。

いい天気の春の朝、小父さんは小鳥たちの声に異様な声が混じっているのに気がついてバードテーブルのあたりを探すと、古いサンダルの土踏まずに、小さなメジロがすっぽり入っていた。怪我をして飛べないのだった。小父さんはこのメジロの世話に奮闘した。動物病院へ連れて行き、四時間おきに、夜中も起きて餌を与え、傷の手当をした。起きるのも寝るのもメジロと一緒で、自分の頭痛のことは忘れていた。メジロが回復して、さえずろうとしていることがわかってからは、お兄さんに教わったメジロの求愛の歌の真似をしてみせて、メジロがたどたどしくうたうのを励まし、二人で歌をうたって過ごした。メジロは上達し、小父さんがいなくても一人で復習し、工夫して、自分の歌にして全身でさえずり続けた。小父さんはじっと耳を澄ました。メジロは小鳥になっていた。空に返す日、別れの時が近いことを思った。

「頭抜けた歌い手だね」といって庭から入ってきた男に誘われ、小父さんは、鳴き合わせ会に同行することになった。男は当日、ライトバンで現れた。その日は薄ら寒い日だった。小父さんは、この男の小鳥に対する関心には油断の出来ないものを感じていたが、夢中になってメジロのこと、その歌のことを話し続けていることは救いだった。車は川沿いの道をどんどん進んだ。会場は小高い丘の中腹で空地が広がっていた。三、四十人の男がそれぞれ鳥籠をいくつも地面に置いて、鳴き合わせの準備をしていた。小父さんはその闘争心をあらわにした雰囲気、ざわめきに、居場所のないことを感じ、頭も痛くなった。鳴き合わせ会は、一対一の勝負で審判が優劣を決め、勝ち抜き戦だった。男の出番になった。男はメスの声に似せた笛を吹いた。「時に甘えるように、時に鼓舞するようにさまざまな変化をつけて」吹いた。小父さんは無理に歌わせようとするわざとらしさに堪えられなくなり、頭痛もひどくなって、その場をはなれた。男がライトバンを停めたところまで戻り、男が積んできた籠の蓋を一つずつ開け、メジロが次ぎ次ぎに空に飛んで行くのをみてから夢中で走ってその場を逃げた。さんざん走ってからタクシーに乗り、路線バスを乗り継いで家へ帰り着いた。メジロは窓辺で待っていて、小父さんを見て籠の中を飛び回った。

本書の結末を以下に引く。

何の合図もきっかけもなく、メジロがさえずった。白い輪っかの中の瞳が小父さんを真っ直ぐに見つめていた。

「私のためになど、歌わなくていいんだよ」

鳥籠に顔を寄せ、小父さんはささやいた。

「明日の朝、籠を出よう。空へ戻るんだ」

耳を澄ませているとお兄さんの声が聞こえてくるような気がした。その声が頭の痛みをそっと包み込んでくれた。小鳥のさえずりがそばにある限り、他の余計な言葉を何一つ聞かなくても済んだ。ポーポー語だけが寄り添ってくれていた。

西日が庭を満たしていた。日が沈むまでもうしばらく間がありそうだった。お兄さんの声をもっとよく聞こうとして小父さんは、鳥籠を胸に抱き寄せ、その場に横たわった。

「少し、くたびれたみたいだ」

メジロは止まり木を飛び降り、小父さんのすぐ耳元に近寄ってきた。

「ひと眠りするよ。そうすればすぐ元気になる」

再びメジロは歌いだした。小父さんのためだけに捧げる歌を、鳴り響かせた。

「大事にしまっておきなさい。その美しい歌は」

そう言って小父さんは二度と目覚めない眠りに落ちた。小父さんの腕の中でいつまでもメジロはさえずり続けていた。

ベルンハルト・シュリンク『朗読者』

この作品は、二〇〇〇年四月新潮社から刊行され、二〇〇三年には新潮文庫に入った（松永美穂訳）。文庫本で二五八ページ、ⅠⅡⅢから成り立っている。「十五歳のとき、ぼくは黄疸にかかった。病は秋に始まり、翌年の初めになってようやく癒えた」が冒頭で「ぼく」の回想という形で書かれている。

ぼくが学校帰りにバーンホーフ通りで吐いてしまったとき、一人の女性がてきぱきと介抱し、吐瀉物、胃液を水で流し、ぼくの荷物を持って家の前まで送ってくれた。この女性とぼくは愛し合うようになる。

ぼくは黄疸が癒えてから、母に言われて、女性のアパートに花を待っておお礼に行った。

ぼくが帰ろうとすると、出かける用があるからそこまで一緒に、と言われ、玄関の手前で待った。すこしだけドアが開いている台所で彼女が靴下を履いているのをみて、目を離すことができなかった。彼女もぼくの視線を感じてぼくの目をみつめた。ぼくは、階段を駆け下りて外へ出た。

一週間経ってぼくは彼女に会いに行った。留守だったが階段にすわって一時間待った。彼女が路面電車の車掌の制服を着て、コークスと練炭の入ったバケツを持って現れ、ぼくに地下室へ行って二つのバケツにコークスをいっぱいにして持ってくるよう、たのんだ。走って地下室へ行ったぼくは、コークスの山を崩してしまい、顔も衣服も埃だらけで戻った。彼女は、ぼくの様子を見て、「なんて格好なの、坊やったら、なんて格好！」と笑った。彼女のすすめで風呂に入った。ぼくが風呂からあがると大きなタオルを拡げてぼくの体をつつんで、そのままベッドに入った。彼女も裸だった。

「その夜、ぼくは恋におちた。よく眠れないまま、彼女に焦がれ、彼女の夢を見、彼女がそばにいるような気がした」

彼女が早番で十二時に帰ってくるときには、ぼくは最後の授業をさぼって、彼女を待った。「ぼくたちはシャワーを浴びて、愛し合った」彼女の住むアパートの部屋には、中庭のノコギリの音や職人たちの話し声、バーンホーフ通りの雑踏も入りこんできた。

彼女の名前はハンナ・シュミッツ、ぼくはミヒャエル・ベルク。ハンナは三十六歳、ぼくの母より十歳若い。しばらくして、ハンナのたのみでぼくが本の朗読をすることになった。学校のテキストの『エミーリア・ガッテイ』（訳注　レッシングが書いた悲劇）を朗読した。ハンナは注意深く聴いた。ぼくが本を朗読してからシャワーを浴び、ベッドに入って愛し合う、というのが二人の儀式になった。

ハンナがひどく怒ったことがある。ぼくが学校の授業をさぼってここへ来ていること、病気で何ヵ月も休んだので及第するのは無理だと話したときだ。「出ていきなさい」と言い、「勉強しないんだったら、もう来ないで」と続けた。ぼくは、朝も昼も夜も勉強して、及第することが出来た。

ぼくがギムナジウム（中・高校）の六年生から七年生に進級したとき、クラス替えがあり女子のいる新しいクラスに編入された。夏のあいだ同級生たちはプールに集まり、プールサイドで宿題をしたり、サッカーやトランプをして遊んだ。このプールサイドでの社交生活は、ぼくにとってなくてはならないものになっていた。ハンナのことは誰にも明かさなかった。

ある日、二、三十メートル先にハンナが立っていてぼくの方を眺めているのに気がついた。初めてのことだ。ぼくも見つめ返した。ぼくが、ハンナのところに走って行かないで、一瞬、目をそらしたとき、ハンナはいなくなった。次の日アパートに行ったが引っ越した後で、勤め先の市電も退職して町を離れ、行方はわからなかった。

ぼくは、法廷でハンナと再会した。ハンナがいなくなって七年経っていた。高校を卒業したぼくは、法学を専攻した。教授の一人が「ナチス時代とそれに関する裁判」をゼミで取り上げた。ぼくはその「強制収容所ゼミの学生」の一人として法廷に通った。ハンナは被告人で、傍聴席に背を向けていた。彼女の名が呼ばれ、立ち上がって前に進み出たときに、ぼくはハンナだと気がついた。彼女は尋問に答えて一九二二年に生まれ、四十三歳、ベルリンのジーメンスで働いていて、一九四三年の秋に親衛隊に入ったことを述べた。なぜ親衛隊に入ったかの問いに、弁護人の弁護のしかたのまずさもあって、ハンナが自分の強い意志で親衛隊を選んだという、不利な印象を与えてしまった。ぼくは一日も休まず公判に通うようになった。ハンナは、一度だけ、傍聴人のぼくの方を見た。

被告人は、ハンナを入れて五人の女性で、クラクフ近郊の小さな収容所で看守をしていた。

被女たちに対する主な起訴理由の一つは、収容所での選別に関するものだった。アウシュヴィッツから毎月六十名の女性が送られてきて、六十名の女性を送り返すことになっていた。労働に耐えられない弱い女性を送った。殺されることがわかっていての選別だった。

もう一つの起訴理由は、爆弾の直撃を受けた空襲の夜のことで衛兵と看守たちは、何百人もの囚人を、村の教会堂の中に閉じ込めていた。この教会の塔に爆弾が当たり、教会全体が火に包まれ、扉だけが焼け残った。閉じ込められた囚人たちは二人を除いて焼け死んだ。衛兵や看守たちの殆どが死んだり、行く方がわからなくなった。被告人たちは、重い扉を開けることが出来たはずなのに、しなかった、というものだった。

ハンナは、正しい告発がされているところでは罪を認め、そうでないところでは頑固に反論した。彼女の頑固さが裁判長を怒らせ、罪を認めるときの積極性が、他の四人の被告を怒らせた。その夜の報告書が残っていて、誰が書いたのか問われた。筆跡の判定を、というとき、ハンナは「専門家を呼ぶ必要はありません。報告書を書いたのはわたしです」と自白した。判決が下され、主犯にされたハンナは無期懲役だった。「彼女はまっすぐ前を向き、何もかも突き抜けるような目をして」判決を聞いた。裁判が終わってからも、ぼくの方を見ようとしなかった。

ハンナはやっぱり、文字を読むことも書くことも出来なかったのだ。それを誰にも知られたくなかったのだ。という重い事実が、ぼくのなかに深く入ってきた。

ぼくは司法修習生のときにゲルトルートと結婚した。ぼくたちは一緒に勉強し、司法修習生になった。女の子が生まれ、五歳のときに離婚した。「ゲルトルートと抱き合っているときも、何かが違う」という感覚が消えなかった。ゲルトルートとは離婚後も友人同志だった。彼女は裁判官になって働いたが、ぼくは法史学の教授から声をかけられて、研究生活に入った。

ハンナの服役後八年目に、ぼくは自分の読みたい本や以前に読んで気にいった本をハンナのために朗読し、カセットに吹き込み、テープレコーダーとカセットを小包みにして送った。『オデュッセイア』からはじめてシュニッツラー、チェーホフ、ホメロス、ケラーやハイネ、自分が執筆をはじめたときには、それも読んだ。十八年後にハンナの恩赦が認められるまで、テープだけを送り続けた。

四年たって、彼女からの挨拶が届いた。「坊や、この前のお話はよかった。ありがとう。ハンナ」力ずくで書かれた字だった。ぼくは歓喜に満たされた。彼女が書けるようになったことが嬉しかった。その後彼女からの手紙が来るようになった。筆跡も軽く確かなものになってきた。あの作家の作品をもっと聞きたい、とか、詩や小説の感想もあった。文学についての彼女のコメントは、しばしば驚くほど正確だった。ぼくは返事を書かないで、テープだけを送り続けた。朗読が、ハンナに対しての話をする方法だった。

ぼくがハンナに会いに刑務所に行ったのは、女性所長から、恩赦の決定が出たので来てほしい、と連絡があってからだった。

ハンナは中庭のベンチに座っていた。看守から指されなければ、重そうな体つきの老人がハンナだとはわからなかった。

「近づいていくと彼女はぼくの顔を撫でるように見つめた。彼女の目は求め、尋ね、落ちつかないまま傷ついたようにこちらを見、顔からは生気が消えていった」

ハンナの横に座ると、老人の匂いがした。ぼくは以前、彼女の新鮮な体臭が好きだった。

彼女を迎えに行く前日の午後、刑務所に電話をした。所長と話をしてから、ハンナが電話口に出された。

「彼女の声は、まったく若いときのままだったのだ」

「翌朝、ハンナは死んだ。夜が明けるころに首を吊ったのだった」。

私はしばらくこの文から目が離せなかった。

無期懲役だったハンナは、自分が刑務所から出ることを考えられなかったのか。刑務所から出て、自立した自分らしい暮らしを想像出来なかったのか。それにしても、死を選ぶということは大変なことだから、たくさんのことがハンナの背中を押したのだろう。

最後に、そのいくつかを考えてみたい。

ハンナの生涯にとって、読むことも書くことも出来なかったことは、大きなことだった。学校へも行けない貧しい生い立ちだったのか。利発で感受性の強いハンナはそのことを誰にも知られないようにして生きてきた。ジーメンスで職長にならずに辞めて親衛隊に入ったのも、裁判で、空襲の夜の報告書を書いたのが自分だと、不利だとわかっていて自白したのも、人に知られることを恐れたからだ。

ハンナが字を読んだり書いたり出来るようになったのは、所長の話だと、ぼくの朗読のテープを聞きながら、その本を図書室で借りて一語一語、たどっていったからだった。レコーダーが壊れて何度も修理が必要だったという。字が書けるようになって、ぼくに手紙を書き、ナチの犠牲者たちの本やハンナ・アーレントのレポート、強制収容所についての研究書を取り寄せ、読み始めた。

ぼくはハンナの手紙を喜んで読んだが、返事を書いたり、会いに行って一緒に喜んだりはしなかった。彼女はぼくからの手紙をずっと待っていたという。

「ぼくは彼女を小さな隙間にいれてやっただけだった」

出所が決まって会いに行ったとき、老人になってしまったハンナにおどろき、がっかりしたが、そのぼくの顔を見つめた彼女の失望は大きかった。ハンナはぼくが彼女の出所を心から喜んでいないことを強く感じ、そんなぼくから、住むところや仕事、すべての世話を受けるだろうことは、誇り高いハンナにとって、たえられないことではなかったのか。

自転車に乗って、スカートを風になびかせて走るハンナの姿がいつまでも消えない。復活祭の休暇にぼくと旅行に行ったときのハンナだ。二人で並んで走ったり、前になり、後ろになって走った。

是枝裕和、佐野晶『そして父になる』

この作品は、是枝監督の映画『そして父になる』の原作ではなく、「映画が語りつくせなかった余白を埋めていく――」として小説化された作品で、二〇一三年に宝島社文庫として出版された。映画は二〇一三年、第六六回カンヌ国際映画祭で審査員賞を受賞している。

六年間育てた息子は、病院で取り違えられた子供だった。取り違えられた二つの家族は、とまどいながら交流し、話し合い、子供の週一回の交換のお泊りを続け、苦しみ悩む。血のつながりが大事なのか、今まで過ごしてきた時間をとるのか。結論は出ていない。

十一月の最初の土曜日、慶多は成華学院初等部の受験のため、父良多、母みどりと会場へ行った。三人は校長と教頭から面接を受けた。質問に答える慶多の声がはじめ震えかけていて、良多、みどりはひやっとしたが、すぐにしっかりした声で、「野々宮慶多です。六歳です。誕生日は七月二十八日です」と答えた。夏にキャンプに行って父と凧あげをしたこと、好きな食べ物などをはきはきと答え、みどりたちを安心させた。お受験塾で想定問答として練習してきたものばかりだった。慶多が父と母のどっちに似ているかの問いに、良多は「穏やかで他人にやさしい性格は妻に似ていると思います」とよく響く声で答え、短所について、「少しおっとりした性格でして、負けてもあまり悔しがらないところに、父親としては少々物足りなさを感じています」とよどみなく答えた。

慶多の受験が終わると、良多は二人と別れて会社に向かった。大手建設会社の花形部署、建築設計本部の実質的なトップでチームを引っ張っていた。十九階でエレベーターを降りると、オフィスのドアが開いて、部長の上山が出て来た。「任せるよ」「優秀な部下を持つと、上司は家庭サービスで忙しくなるもんさ」と言って帰った。

前橋の病院から連絡があった。みどりが慶多を産んだ病院だった。子供の取り違え、が切り出された。「生物学的親子ではない」というＤＮＡ鑑定の結果が出てから、病院側は、相手の親との面会を提案した。

取り違えられた両親と初めて会う日、良多たちは約束の二十分前に前橋中央総合病院へ行った。相手の夫婦は約束の時間を十五分過ぎて会議室に入ってきた。

男は「よれよれの柄物のシャツに皺だらけのチノパン」「ペコペコと頭を下げながら部屋に入ってくる様子も、上目づかいに人を見る目も良多は気に食わなかった」

妻は美人だった。「彼女からはかつて不良であったという匂いがした」

男は斎木雄大、四十六歳、良多より四つ年上。妻ゆかりは、みどりより三つ年上の三十二歳。雄大は「前橋で電気屋をしています」と言って席に着いた。

病院側は、こういうケースでは両親は百パーセントの交換という選択をすること、小学校入学前がいいのでは、と続けた。「突然、そんなことを言われても」とみどりが震え声をあげた。「そうよ。四月って半年もないじゃない」とゆかりが同調した。みどりよりも低くしっかりした声だ。

二つの家族は病院ぬきで会うことにした。会場は前橋にあるショッピングセンターだった。そこではじめてとり違えられた子供の挨拶を受けた。「斉木琉晴です」その声のあまりの元気さに、良多たちは圧倒された。背たけも慶多より高く、身体もがっしりしている。

琉晴は慶多がジュースを半分も飲まないうちに、フライドポテトやホットドッグを平らげて、テーブルの上は食べこぼしで汚したまま、慶多を誘って遊具のある方へ行った。弟や妹を遊具に乗せてやって、四人は歓声をあげて遊びだした。琉晴に呼ばれて雄大も子供たちに加わった。

良多が席をはずして、みどりとゆかり二人になったとき、「似てないのよ、一人だけ」「まさかね……こんな……」とゆかりがぼそっと言う。みどりも同じ思いだった。みどりはゆかりの美しい大きな瞳に哀しみの色をみた。

病院側との合同食事会のとき、病院側は「宿泊」を提案した。それに良多が乗って、「とりあえず週末だけってことで始めてみますか。土曜日に一泊するとか」と言う。

みどりは良多の言葉に身体を震わせた。

お泊りの前の晩、良多は「これは慶多が強くなるためのミッションなんだ」と言うと、慶多は「うん」と答えるが、「その顔には何も表れない」。

当日は、十時に出発する予定がすこしおくれた。みどりが涙にくれてトイレにこもったりしたからだ。車の後ろの座席では慶多がピアノの練習をはじめた。みどりは慶多の頭を撫で続けている。

斉木家のつたや商店に着いて、良多はすぐに慶多を雄大に引き渡した。琉晴は言われるままに後ろの座席のドアを開けて車に乗った。その日の夕食にみどりはすき焼きを選んだ。琉晴が好きだと言ったもので、良多の好物でもあったが、琉晴は不機嫌になって「これ、すき焼き、ちゃう」と言う。肉だけを先に焼いてたべる京風のものだったが、琉晴が食べたいのは鍋に野菜や肉を一緒に入れて煮て食べるものだった。みどりが「焼き肉だと思って食べてみて」ととりなすと、大きな霜降りの一切れを食べて「おいしい」と言い、焼けるそばから食べた。

みどりが野菜を煮ているとき、良多は琉晴の箸の持ち方を直した。やってみせてから、琉晴の手を握って持ち方を指導した。みどりの顔から血の気が引いていった。慶多にこんなに熱心に教えたことがなかったからだ。

斉木家の夕食は餃子だった。テーブルにコーラ、ジュースの飲み物としょうゆの入った小皿だけが並んでいて、ゆかりが出来たばかりの餃子を大皿にもって、テーブルの真ん中に置いた。みんなはいっせいに、しょうゆをたっぷり付けて食べはじめた。慶多はその勢いにみとれていたが、お腹がすいていて、一つをそっと食べた。強い味だったがおいしくて、次の一つに手を伸ばしたら、ゆかりが、嬉しそうに笑っていた。

寝るとき慶多は泣く余裕もなかった。五人が敷きつめられた布団の上で重なりあって寝るのだった。布団は硬く、掛け布団は重く、雄大のいびきもうるさい。ゆかりが隣に寝てくれて、やっと眠りに就けた。夜中にトイレに行きたくて目が覚めたが、どこがトイレなのかわからない。しばらく迷って布団にもどったら、ゆかりが気が付いて、連れていってくれた。

次の日は日曜日だったが良多は朝早くから会社へ行った。午後四時には帰って来て琉晴を送り、慶多を連れて帰ることになっていた。みどりは静かな都心のマンションで琉晴と過ごすことが気づまりになっていた。

琉晴は、自分の持ってきたゲーム機で同じゲームを三回してから、電源をきって「今、何時ですか?」ときいた。二時四十五分だった。

「あー、まだや」「帰ろうか?」「え?」「帰る?」「うん!」二人のこんなやりとりのあと琉晴は、すぐ玄関に向かった。

東京駅から新幹線で高崎、両毛線に乗り換え、五時を過ぎて前橋大島の駅に着くと、琉晴は駆けだして、雄大とゆかりに突進した。慶多は改札の奥を見つめていた。その姿を認めるとみどりは、小走りになり、ほとんど転びそうにになってひざをついて慶多を抱きしめた。ささやくような声で「ママ」と言う。慶多の目が輝いていた。

良多は午前中に仕事をすませ、午後はコンペの祝勝会に出た。会場で波留奈が声をかけてきた。「みどり、大丈夫?」「大変だったんでしょう?」良多は今度の件について波留奈に何の説明もしていなかったから、部長から聞いたに違いない。「私の嫉妬なんてかわいいものよ。一番怖いのは男の嫉妬」と言って波留奈は席を離れた。

良多はみどりとつき合う前から波留奈とつき合っていた。二人と同時につき合っている時期もあった。みどりが妊娠したとき、波留奈と別れ、みどりと結婚した。みどりは補助的な事務をしていたが、波留奈は仕事に貪欲で、今は良多のチームのサブリーダーだった。

土曜日の交換お泊りは回を重ねて、子供たちは友だちになっていたので、日曜日はすこし早く出て二家族で遊ぶことになっていた。良多は仕事があって参加しなかったが二十回目のお泊まりの翌日には参加した。良多は雄大たちに重大な話をしようと心に期するものがあった。それは、上司の上山からの「両方を引き取っちまえよ」という提案だった。意表を突かれ、進むべき方向をみつけて息を吹き返した思いだった。

良多は機会をみて雄大に、琉晴と慶多二人を譲ってもらえないかと冗談のように言い出した。雄大もゆかりも良多が本気で言っていることをたしかめてから、全身で怒った。ゆかりも良多に詰め寄った。良多がまとまった金額を用意していると言ったとき、雄大は良多の胸ぐらを掴んだ。

子供たちが遊ぶのをやめてみていた。みどりは間に入って二人にあやまった。雄大は、「負けたことのないやつってのはホントに人の気持ちが分からないんだな」と言って、子供たちの方へ行った。

「最後の交換のお泊まりは涙もなく、淡々と終わった」

「そして、慶多が野々宮家の子として過ごす最後の一週間が始まった」

祝日にあった慶多のピアノの発表会の日、三人は小さなコンサートホールへ行った。慶多の演奏はひどく、何度も間違え、それでも何とか最後まで弾いた。

良多は五歳の女の子の演奏に注目した。身体を揺すりながら全身でリズムをとってピアノを演奏した。終わると、慶多が拍手をして「うまいねぇ」とみどりに言う。「慶多、悔しくないのか?」「もっと上手に弾きたいって思わないんだったら、続けても意味がないぞ」と良多が言う。慶多は悲しげな表情で身体をこわばらせたまま、動かなくなった。

みどりはむしょうに腹が立った。慶多が他人の家に理由もわからずにお泊りすることがどんなに大変で心の負担になっていることか！　それもわからないで一方的に叱るだけなんて！「がんばりたくても、がんばれない人もいるってこと」みどりは良多を睨んだ。「慶多はきっと私に似たのよ」

その夜、みどりが慶多を寝かしつけてリビングに来たが、みどりは真っ青な顔をしていて、目には涙を浮かべている。その目が良多を見据えていた。

「あなたの言う通りにしたのに、結局、慶多を手放すことになるのね」「あなた、慶多がうちの子じゃないってわかった時、なんて言ったか覚えてる?」「あなたはこう言ったの〝やっぱりそういうこと〟かって。〝やっぱり〟って……〝やっぱり〟ってどういう意味?」

慶多が斎木家の息子になる前の晩、良多は慶多におじさんおばさんをパパとママと呼ぶこと、電話をしてきてはいけないことなどを言い聞かせた。みどりは慶多に持たせる写真を選んだ。

「幼稚園の年少の時に慶多が作った紙粘土の手形の壁掛けを手に取る。なんて小さな手なんだろう、とみどりはそっと手を重ねてみる」「まるで自分の体を引きちぎっているような気持ちになった」

次の晩、野々宮家の息子になった琉晴に良多はルールのリストを読みあげさせた。

「英語の練習を毎日する。（略）テレビゲームは一日三十分。パパとママと呼ぶこと……」

ここで琉晴は顔を上げて良多に尋ねた。

「なんで？　おじさん、パパちゃうやん。パパちゃうよ」

「これからおじさんがパパなんだ」

「なんで？」

「なんでも」と答える。

琉晴の「なんで」がくり返され、良多も「なんでも」と答える。

「なんでだろうな」と良多が本音を言ってしまうと、琉晴はまた「なんで」と言う。

良多が「歯磨こうか」と歯ブラシを渡すと、鼻歌を歌いながら洗面台に向かう。

みどりは琉晴の持ってきた写真や紙粘土で作ったものの整理をしていたが、良多が子供に負けるなんてことが一度でもあっただろうか？　と、気がついた。

良多は、午前中に部長の上山から呼び出された。部長室のデスクの上に、取り違え事件のことが書かれた週刊誌が置かれていた。

上山はいきなり、宇都宮にある技術研究所への異動を申し渡した。あまりに乱暴な異動だった。良多は、二、三質問をして、自分が切られたこと。左遷されたことがわかった。良多の後釜は波留奈だという。二人の悪意を感じたが、平静に受けとめた。

みどりは琉晴を公園に連れて行った。琉靖はすぐに知らない子と友だちになって遊び、児童館へも走って行った。みどりは一人で公園にいて慶多が好きだった回転ジャングルに腰掛けた。

「初めて回した時の慶多の喜んだ顔。回っているジャングルに飛び乗れた瞬間の誇らしげな顔」

「みどりは抑えようがないほどに慶多に会いたかった。二人の交換から四週間が経っていた」

良多はみどりとの関係がギクシャクしてから、寝室ではなくリビングでソファに寝ることにしていた。朝五時に目を覚ました。

「上半身を起こすと、手がクッションの間に入った。指先に何かが当たった。引き上げてみると、それはバラだった。バラの茎だ」

「父の日に慶多が学校で作ってくれた折り紙で作られたバラ」

茎だけで花がない。「慶多が拾ったのだろうか？　茎を失って床に落ちている花を見たら、慶多はどんな気がしただろう？」

良多は技研に車で通勤した。約二時間かかった。「左遷とはいえ待遇はほとんど変わらない。役職も同じだ。違っているのは誰も注目しない仕事と将来だった」

事務所の窓に動くものがあるのに良多は注目した。「ビオトープと呼ばれる人工林」の中で捕虫網が動いていた。良多は雑木林へ行った。網を持っている男は山辺といって、丁寧に一礼した。端整な顔立ちは、哲学者のように理知的だ。

良多は山辺の後から林の中を歩いた。昆虫好きだった良多がクヌギに触れると、「セミの脱け殻」があった。

「慶多が季節外れのセミの脱け殻を自慢げに見せたのを思い出した。虫嫌いの慶多はこの夏をあの田舎でどうやって過ごしているのだろう」

山辺は「そのセミはここで生まれ育ったんですよ。（略）セミがここで卵を産んで、幼虫が育って土から出て羽化して、その脱け殻を残すようになるまで十五年かかりましたよ」と言う。山辺の「長いですか？　十五年」という言葉が、良多の心に響いた。長いだろうか？　慶多を育ててきた六年。琉晴と離れていた六年。そのどちらを選ぶべきだったのだろうか？　そもそもそれを親が選ぶべきだったのか？

暑い日だった。みどりは琉晴を連れて恐竜展を見に行った。琉晴は夢中になり、同じ年頃の「同好の士」を見つけて走りまわった。みどりは疲れ果てていた。三時に家へ帰り、「少しお昼寝をしないか」と琉晴を誘ったが、ゲームをすると言う。みどりは寝入ってしまった。目がさめたら、あたりが薄暗い。家の中はしんとして琉晴の姿がない。あちこち探し、公園へも行ったが遊んでいる子供はいない。警察に電話する以外ない、と思ったとき、斎木家から連絡があった。

みどりからの連絡を良多は帰りの車で受け、そのままつたや商店を目指した。八時を過ぎて斎木家に着いた。良多の声を聞いて、琉晴と遊んでいた慶多は顔を輝かして立ち上がった。パパが迎えに来た、と思った。良多の「琉晴！」という呼び声をきいて、慶多は奥の押し入れにもぐって身を隠した。琉靖が泣きじゃくっていやがったのを、雄大とゆかりが何とか説得して、車に乗せてくれた。

八月二十三日から二十七日までが良多の盆休みだった。琉晴がキャンプに行きたいというので、探したがどこも埋まっていた。良多はキャンプの出来る装備を病院からの慰謝料で揃えることにした。テントや釣り竿、寝袋などをすぐにネットで注文した。

テントは三人で二十分かかって家の中に張った。テントの中で寝ころがった。その夜は星が出ていた。星座を見ていたとき、「あ！」みどりが大きな声を出した。「願い事して」「琉晴ちゃん、何をお願いしたの？」

良多も「教えてくれよ」と笑いながら言うと、「パパとママのところに帰りたい……」と小さな声で言い、震え声で「ごめんなさい」琉晴は泣いていた。良多は頭を撫でて「いいんだ。もういいんだよ」と言う。

その夜、良多はよく眠れずどうすべきかを考えていたのだが、答えは出なかった。カメラのモニターで写真を見た。斎木家へ行く朝、慶多が回転ジャングルで撮った良多の写真があった。「少しブレている。あの小さな手でシャッターを切ったのだ。それだけでも胸がつまる」それと、「裸足の足の裏が映っていた。足の奥にかすかに顔が映っていた。良多だった。ソファで眠っている。その足を写したようだ」「書斎で机に向かって仕事をしている良多の背中」「ベッドで眠っている良多の顔」もあった。慶多が良多にわからないように、そっと撮っていたのだ。

「このカメラには、〝慶多の記憶の中のパパ〟が映っている」「切なくて胸が張り裂けてしまいそうだ」

琉晴を起こすと朝食は食べないで車で前橋に向かった。「ただ慶多に会いたかった」九時を過ぎたばかりにつたや商店の出入り口を開けた。雄大がいた。その横に慶多がいて、「雄大が修理している手元を見ている」良多たち三人が連絡もなく押しかけたのに、雄大は「おお、いらっしゃい」と笑っている。

良多が慶多に声をかけると、慶多は良多の顔をみないで店の裏へ出て、大通りの方へ走った。良多はその後ろについて歩いた。慶多が走るのをやめてから「ごめんな」と何度もあやまった。父の日に祈り紙で作ってくれたバラの花を打ち捨てたこと。ピアノの発表会で一生懸命弾いたのに、一方的に叱ったこと……。そして前に回って、ひざをついて慶多をしっかり抱いた。棒のように硬かったが、だんだんに力が抜けて、慶多の手がそっと良多の背中に回された。

良多と慶多は、琉晴、みどり、雄大やゆかりたちに出迎えられて、つたや商店に入った。歩きながら良多は夢のようなことを考えていた。二家族がキャンプに行ったり、お互いの家を行き来したら楽しいだろう。それには車を大きなものと買い換えたい。今の都心のマンションではなく、一人で住んでいるみどりの母が広過ぎるという、みどりの実家のことも思った。

自分の本当のパパママと信じて育ってきた六年間、息子でないなどと、疑ったことのない父と母。それをたった半年で引き離すというのは無茶苦茶なことだと思う。良多が考えたように二家族が長い年月をかけて親密になり、成長した息子たちが選ぶべきことではないか。

あとがき

この十二、三年にぼつぼつ書いた文章を一冊にまとめることにしました。二〇〇六年に『八月の終り』を西田書店から自費出版した以後のものです。

『八月の終り』は、高井有一先生の教室で学んで、つぶやくように書いたものでした。つたない文章でも二十年かかって一冊の本になるだけたまったこと、日高徳迪氏のご配慮で、装丁、紙、活版印刷など、予想以上の本になってうれしかったこと、忘れられません。

この本が「はじめてで終りの一冊」でいいと、ずっと思っていましたが、以後の十二、三年、私は何をしてきたのか、と考えたときに、もう一冊ほしくなりました。残された時間のすくないことを強く感じるようになったからでしょう。

この『過ぎ去った日』でも細かい心遣いをしていただきました。二冊目の本を西田書店から出せることに感謝しています。

二〇一九年　六月三日

野村英子

著者略歴

野村英子（のむら・えいこ）
一九三二年　東京に生まれる
一九五六年　早稲田大学教育学部卒業
一九五九年〜一九八四年　都立高校定時制に勤務
著書『八月の終り』（西田書店）
現住所　国立市富士見台一―二七
1―25―103
〒186―0003

過ぎ去った日

二〇一九年七月二〇日　初版第一刷発行

著　者　野村英子

発行所　株式会社西田書店
東京都千代田区神田神保町二―三四　山本ビル
TEL ○三―三二六一―四五〇九
FAX ○三―三二六二―四六四三
http://www.nishi-da-shoten.co.jp

印刷　倉敷印刷
製本　高地製本所
装丁　猫車配送所＋臼井新太郎

©Eiko Nomura printed in Japan
ISBN978-4-88866-637-4 C0095

西田書店／既刊

八月の終り
野村英子
四六判／１８４頁　定価（本体１４００円＋税）

三人よれば楽しい読書
井上ひさし　松山巖　井田真木子
四六判／２９６頁　定価（本体１６００円＋税）

本を読む。　松山巖書評集
松山巖
Ａ５判／８９６頁　定価（本体４６００円＋税）

ヒロシマ対話随想
関千枝子　中山士朗
四六判／３２０頁　定価（本体１６００円＋税）